国际大奖小说
升级版
SHENG JI BAN

菲斯的秘密
LES SECRETS DE FAITH GREEN

[法] 简-弗朗西丝·夏伯丝 / 著
[法] 布莱恩·克里斯托弗 / 绘
鲁蕾 / 译

新蕾出版社

图书在版编目(CIP)数据

菲斯的秘密/(法)夏伯丝著;(法)克里斯托弗绘;鲁蕾译.
—天津:新蕾出版社,2011.4(2019.2重印)
(国际大奖小说·升级版)
ISBN 978-7-5307-5094-0

Ⅰ.①菲…
Ⅱ.①夏…②克…③鲁…
Ⅲ.①儿童文学–长篇小说–法国–现代
Ⅳ.①I565.84
中国版本图书馆CIP数据核字(2011)第035057号
ⓒ Casterman(2008)
Text translated in Simplified Chinese ⓒ New Buds Publishing House
ALL RIGHTS RESERVED
津图登字:02-2008-41

出版发行:新蕾出版社
e-mail:newbuds@public.tpt.tj.cn
http://www.newbuds.cn

地　　址	天津市和平区西康路35号(300051)
出 版 人	马梅
电　　话	总编办(022)23332422
	发行部(022)23332676　23332677
传　　真	(022)23332422
经　　销	全国新华书店
印　　刷	山东德州新华印务有限责任公司
开　　本	880mm×1230mm　1/32
字　　数	66.5千字
印　　张	5.75
版　　次	2011年4月第1版　2019年2月第18次印刷
定　　价	18.00元

著作权所有,请勿擅用本书制作各类出版物,违者必究。
如发现印、装质量问题,影响阅读,请与本社发行部联系调换。
地址:天津市和平区西康路35号
电话:(022)23332677　邮编:300051

前言

一辈子的书

梅子涵

亲近文学

一个希望优秀的人,是应该亲近文学的。亲近文学的方式当然就是阅读。阅读那些经典和杰作,在故事和语言间得到和世俗不一样的气息,优雅的心情和感觉在这同时也就滋生出来;还有很多的智慧和见解,是你在受教育的课堂上和别的书里难以如此生动和有趣地看见的。慢慢地,慢慢地,这阅读就使你有了格调,有了不平庸的眼睛。其实谁不知道,十有八九你是不可能成为一个文学家的,而是当了电脑工程师、建筑设计师……可是亲近文学怎么就是为了要成为文学家,成为一个写小说的人呢?文学是抚摸所有人的灵魂的,如果真有一种叫作"灵魂"的东西的话。文学是这样的一盏灯,只要你亲近过它,那么不管你是在怎样的境遇里,每天从事怎样的职业和怎样地操持,是设计房子还是打制家具,它都会无声无息地照亮你,使你可能为一个城市、一个家庭的房间又添置了经典,添置了可以供世代的人去欣赏和享受的美,而不是才过了几年,人们已经在说,哎哟,好难看哟!

谁会不想要这样的一盏灯呢?

阅读优秀

文学是很丰富的,各种各样。但是它又的确分成优秀和平庸。我们哪怕可以活上三百岁,有很充裕的时间,还是有理由只阅读优秀的,而拒绝平庸的。所以一代一代年长的人总是劝说年轻的人:"阅读经典!"这是他们的前人告诉他们的,他们也有了深切的体会,所以再来告诉他们的后代。

这是人类的生命关怀。

美国诗人惠特曼有一首诗:《有一个孩子向前走去》。诗里说:

有一个孩子每天向前走去,

他看见最初的东西,他就变成那东西,

那东西就变成了他的一部分……

如果是早开的紫丁香,那么它会变成这个孩子的一部分；如果是杂乱的野草，那么它也会变成这个孩子的一部分。

我们都想看见一个孩子一步步地走进经典里去，走进优秀。

优秀和经典的书，不是只有那些很久年代以前的才是，只是安徒生，只是托尔斯泰，只是鲁迅；当代也有不少。只不过是我们不知道，所以没有告诉你；你的父母不知道，所以没有告诉你；你的老师可能也不知道，所以也没有告诉你。我们都已经看见了这种"不知道"所造成的阅读的稀少了。我们很焦急，所以我们总是非常热心地对你们说，它们在哪里，是什么书名，在哪儿可以买到。我就好想为你们开一张大书单，可以供你们去寻找、得到。像英国作家斯蒂文生写的那个李利一样，每天快要天黑的时候，他就拿着提灯和梯子走过来，在每一家的门口，把街灯点亮。我们也想当一个点灯的人，让你们在光亮中可以看见，看见那一本本被奇特地写出来的书，夜晚梦见里面的故事，白天的时候也必然想起和流连。一个孩子一天天地向前走去，长大了，很有知识，很有技能，还善良和有诗意，语言斯文……

同样是长大，那会多么不一样！

国际大奖小说

自己的书

　　优秀的文学书,也有不同。有很多是写给成年人的,也有专门写给孩子和青少年的。专门为孩子和青少年写文学书,不是从古就有的,而是历史不长。可是已经写出来的足以称得上琳琅和灿烂了。它可以算作是这二三百年来我们的文学里最值得炫耀的事情之一,几乎任何一本统计世纪文学成就的大书里都不会忘记写上这一笔,而且写上一个个具体的灿烂书名。

　　它们是我们自己的书。合乎年纪,合乎趣味,快活地笑或是严肃地思考,都是立在敬重我们生命的角度,不假冒天真,也不故意深刻。

　　它们是长大的人一生忘记不了的书,长大以后,他们才知道,原来这样的书,这些书里的故事和美妙,在长大之后读的文学书里再难遇见,可是因为他们读过了,所以没有遗憾。他们会这样劝说:"读一读吧,要不会遗憾的。"

　　我们不要像安徒生写的那棵小枞树,老急着长大,老以为自己已经长大,不理睬照射它的那么温暖的太阳光和充分的新鲜空气,连飞翔过去的小鸟,和早晨与晚间飘过去的红云也一点儿都不感兴趣,老想着我长大

了,我长大了。

"请你跟我们一道享受你的生活吧!"太阳光说。

"请你在自由中享受你新鲜的青春吧!"空气说。

"请你尽情地阅读属于你的年龄的文学书吧!"梅子涵说。

现在的这些"国际大奖小说"就是这样的书。

它们真是非常好,读完了,放进你自己的书架,你永远也不会抽离的。

很多年后,你当父亲、母亲了,你会对儿子、女儿说:"读一读它们,我的孩子!"

你还会当爷爷、奶奶、外公和外婆,你会对孙辈们说:"读一读它们吧,我都珍藏了一辈子了!"

一辈子的书。

目录

菲斯的秘密

LES SECRETS DE FYSTH GREEN

第 一 章　菲斯要来米奇家……………001

第 二 章　菲斯喜欢早睡早起…………007

第 三 章　发现菲斯的日记……………012

第 四 章　开始偷看菲斯的日记………017

第 五 章　菲斯童年的家庭变故………023

第 六 章　菲斯不慎摔伤………………029

第 七 章　菲斯想回蒙大拿……………034

第 八 章　不再讨厌菲斯………………040

第 九 章　菲斯父亲的秘密……………045

第 十 章　米奇开始了解菲斯…………050

第十一章　菲斯眼中不一样的生活……055

第十二章　米奇不希望菲斯离开………060

第十三章　菲斯目睹父亲杀人…………066

第十四章　菲斯恋爱了…………………071

第十五章　米奇越来越对菲斯感兴趣…077

第十六章　夜晚偷看菲斯的日记………083

目录
菲斯的秘密

LES SECRETS DE FAITH GREEN

第十七章	菲斯不平静的生活	089
第十八章	菲斯发现了蒸馏酒厂	094
第十九章	菲斯与家人的关系日益融洽	099
第二十章	没要回溜冰鞋	105
第二十一章	菲斯离开米奇回到家乡	110
第二十二章	米奇想去看望菲斯	116
第二十三章	来到蒙大拿	122
第二十四章	再次拿起菲斯的日记	129
第二十五章	菲斯早就知道了米奇在偷看日记	134
第二十六章	走进菲斯日记中的生活	139
第二十七章	听菲斯讲述过去的事情	144
第二十八章	深入了解并喜欢菲斯	150
第二十九章	菲斯父亲不光彩的过去	156
第 三 十 章	菲斯把家庭秘密告诉了米奇	161
第三十一章	带着菲斯的秘密离开	166

第一章

菲斯要来米奇家

"米奇,过来。我们得好好儿谈谈。"

一听到妈妈用这种口气跟我说话,我就知道又要坏事临头了。

不过我虽然心里害怕,嘴上还抱着一丝侥幸:

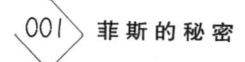

"嗯,妈……妈妈,我可什么都没做!我向你发誓!"

"别动不动就发誓。我最受不了你发誓的样子,活像一个推销廉价汽车的小商贩。这次我不是要责怪你犯了什么错,只是想跟你说一件事……跟我到客厅来。"

我脱掉脚上的溜冰鞋,换上篮球鞋,然后跟着妈妈到了客厅。

"米奇,你已经十二岁了,是个大孩子了,所以,如果妈妈告诉你一个不太好的消息,你应该不会大嚷大叫了。"

唉,真烦。我倒要看看,妈妈她究竟要说什么啊。

"你的外曾祖母要来我们家。我和你爸爸打算让她住在你的房间里。"

"菲斯?"

"没错,是菲斯。她是你四个曾祖父母里面唯一活着的一个,你不记得了?"

"可为什么让她住在我的房间?"

"因为你的房间是我们家最大的一个房间,而且杰西的床也在里面。此外,我不想让你的外曾祖母夜里一个人单独睡,以防万一。你知道的,她从来没有离开过蒙大拿,所以她到这里生活可能会觉得有点儿不适应。"

"我才不能适应哩。她多少岁了？"

"我想，应该有八十八岁了。过来帮我一把，我们得把杰西的床收拾一下。"

我和爸爸妈妈一直生活在布鲁克林，这是纽约市的一个区，我们住在一套小公寓里。我的哥哥杰西去年上大学去了，只有假期的时候才回来。我爸妈在我们家那栋楼的一层开了家意大利食品杂货店，杂货店的名字叫"克力欧尼杂货店"。我爸爸家祖上是意大利那不勒斯人，而妈妈家祖上则是爱尔兰人。我听说那不勒斯人和爱尔兰人关系一直不怎么样；不过我想这都是以前的事啦，现在他们应该都冷静一点儿了吧！菲斯·格林是我妈妈的祖母。蒙大拿北部跟加拿大接壤的地方几乎是一个被人遗忘的角落，在那里，有一个叫布莱克百丽的小城，小城边上有一片广阔的森林，菲斯的家就在这座森林的中央。以上就是我对我的外曾祖母的全部了解。我在五岁的时候见过她一次，那次是妈妈带我们全家一起过去看她的。现在我还模糊地记得她家那幢很大的木房子。那次也是我为数不多的在大自然的怀抱里悠闲散步的经历之一。我家没那么多钱能让全家人出去旅游，所以我们一直都待在布鲁克林。

空闲的时候我就和伙伴们一起去溜旱冰。爸爸妈妈每天做生意要到晚上九点,有时候他们忙不过来我还得过去搭把手。这样的生活虽然不是玫瑰色的,不过也绝对不是地狱般的日子,总有解脱的一天。

吃晚饭的时候,我问妈妈:

"菲斯,她要在这里待几天?"

妈妈放下手里的刀叉,看了看爸爸,神情似乎有点儿为难。

LES SECRETS DE FAUTH GREEN

"嗯……我想你没明白这件事,米奇。她要在这里一直住下去。"

"一直住下去?你胡说八道吧?!真该死!……"

"你是不是要我扇你一耳光教你怎么说话?"爸爸冲我发火了。

"对不起。我刚才不小心说错了话。但是,这到底是怎么回事……"

"我的祖母是一个很……很特别的人,"妈妈说道,"两天前她打电话给我,跟我说她要来我们家等死。她的原话是这样的:'喂,亲爱的。我决定搬到你们家住到死。我一周后就到。回头见。'"

"她是不是疯了?"

"嗯,我想没有,这一点我可以肯定。但她一直以来都是整个家族里最固执的一个人。"

爸爸叹了口气,我知道他在想什么:以后的日子不得了啊!至于我,我在努力想象,要是某个早晨,我醒来时发现咽了气的外曾祖母躺在自己的房间里,我会有什么样的反应?或者,更糟糕的情况是老太婆一直活到一百岁。那么在未来十几年里我都得跟她挤在一个房间里!尽管在这顿晚餐过程中,妈妈一直努力维持我们如往常一样的餐桌交谈,但是爸爸和我已经完全没有了谈话的兴致,我们只是埋着头,自顾自地吃着面前盘子里的食物。不用费力去勾画,全家人都能感觉到笼罩在头顶的乌云,一片连着一片的。

第二章

菲斯喜欢早睡早起

有的老人看上去就老态龙钟,这倒简单了:他们的面容让人想象不出他们年轻时候的样子,人的想象总不能让时光倒流,他们好像打小就长这么老。

但是还有一些老人却鹤发童颜。他们脸上保留着年

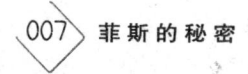

轻时的生气,好像他们的活力并没有因为岁月的磨砺而完全消失。菲斯·格林就是这样。她像一个化装成老太太的少女。我和爸爸妈妈去长途汽车站接她,我原本想象自己见到的肯定是一个虚弱、发抖、站都站不住的老太婆——毕竟她坐了三天的长途汽车才到这里。我看见菲斯了,看见她从汽车的踏板上轻松地跳下来——是跳,而不是走——她用她那双灰色的眼睛在人群里慢悠悠地扫了一圈,然后发现了我们。她的个头比我妈妈还高,脸上布满深深的皱纹,不过这些皱纹看起来不像是岁月留下的痕迹,倒更像是由于长期的露天生活,风吹日晒而慢慢形成的。看着她,我脑子里有了第一个想法:这可不是一个好相处的人。

果然,我们还在汽车里,她就开始了:

"这小子长得还没一只母鸡壮。你多大了?十二岁?我看像十岁,或者九岁。"

我真想给她一拳头,但还是咬紧牙关忍住了,并且努力给了她一个微笑。她又继续了,这回的对象是我爸妈:

"我得现在就跟你们说清楚,以防你们有什么误解:

你们千万别指望从我这里得到一笔巨额遗产,我可一点儿储蓄都没有。我去你们家住也不会给一分钱。我可以付自己的伙食费,不过也仅此而已。"

"这个您放心……"我爸爸嘟哝着说,但他的话还是被菲斯一刀斩断:"好吧,好吧,我只是不想让你们有什么幻想。"

爸爸的手指敲打在汽车的方向盘上。我差点儿扑哧一声笑出来,就像在葬礼上或者在一个非常严厉的老师面前,有的人会发出扑哧一下的笑声,这种神经质的笑声专门出现在一些让人不舒服的场合里。我们家要让一个怪人住进来了,而且这个怪人看起来完全不是一个要死的人。

她看见我们住在这么小的一个套房里感觉非常惊讶。

她对我们说,这整套公寓还没有她家的客厅大。

"是啊,您要是待在您自己家里会更舒服。"我对她说话的语气很不客气。

妈妈责备地看了我一眼,而菲斯·格林倒面带微笑,就像我刚才跟她说了一个非常有趣的故事。老太婆只带了一只箱子,爸爸问她是怎么处置家里其他东西的。

国际大奖小说

"都交给我的一个朋友了。他还负责修修补补房子。噢!房间里还有一台电视机!"

就是这台电视机,当初为了把它放在我的房间里,我跟爸爸妈妈软磨硬泡了好久。唉,总算还有一个让菲斯喜欢的东西。

"把电视机放在卧室里?!这太可怕了!搬走它!"

这话从她嘴巴里一出来,我开始打心底里讨厌起她来了。

我的外曾祖母每天晚上八点睡觉,早上五点起床。按照她的说法,"公鸡打鸣就得起"。在布鲁克林找一只公鸡绝对不容易,但是这个老太婆的脑壳里似乎长了一个滴答作响的时钟。没有任何闹铃之类的东西,但每天早上我都会看见她上半身笔直地从床上坐起来,因为这个时候天还没亮,屋里阴暗得很,她那慢慢起来的侧影总让我想起从棺材里站起来的僵尸。

一起床,她就立即冲到卫生间洗漱,接着穿好衣服去厨房做早饭,平底锅被她弄得乒乒乓乓响个不停。老太婆也许不是故意让这些锅碰撞在一起发出噪音,但她也绝对没想过静悄悄地做完这些事情。我把枕头捂在脑袋上,心想爸爸妈妈恐怕这时候也在这么做。直到老太婆出门去晨练,我们受的折磨才告一段落。

菲斯·格林从没离开过蒙大拿的那个小角落,但是纽约这座城市非但没让她感到恐惧,反而让她觉得很有意思。每天早上她都要在街上疾走几公里,这倒合适了,因为我们可以在工作或者上学之前再睡上一两个小时的回笼觉。最糟糕的不是她早起,而是晚上不能扰乱了她早睡。八点以后,家里哪怕有一丁点儿的响声,或者客厅电视机发出的低得快听不见的声音,都会让她愤怒地发出"嘘!嘘!"的抱怨。每当这时我和爸爸都会四目相对,我不禁猜想,我俩谁更想杀了这个老太婆。

第三章

发现菲斯的日记

我发现那四个日记本的时候,菲斯·格林已经在我家住了半个月了。

那是一个礼拜天,像往常一样,菲斯出门散步去了。妈妈跟她说过,纽约是座危险的城市,她总是在街上晃悠,很容易被人袭击。老太婆听了这话什么也没说,只是从她的箱子里摸出一把蹩脚的手枪来,这是一支巨大的西部手枪。她对我们说,这是她父亲用过的手枪。

"它可以让你打趴下一只奔跑的野牛!看那些强盗敢来惹我!"

看着她手里的枪,我心里有些失望,其实我一直都指望着有一天她能在散步的时候遭遇不幸。你可别向我扔石头,任何人都无法想象跟菲斯·格林住在一起的日子是多么难熬。

那个礼拜天,我的情绪坏极了,而那个跟我睡在一间房里的老巫婆却比往常还要精神抖擞。"我来你们家等死来了!"胡说八道!妈妈肯定是没明白这话的意思,这个老太婆大概说的是"我来你们家弄死你们"!这个令人讨厌的家伙……讨厌的家伙……

我的目光停留在她的箱子上,因为箱子的把手从杰西的床罩下面露了出来。

要在平时,我是不会让自己做出偷看别人隐私的事情的。但这次,我认为这个箱子的主人对我的迫害可以让自己的行为得到原谅。我把箱子从床底下拖出来,打开了它。

国际大奖小说

一打开箱子,我就后悔了。箱子里装的一点儿都不像是菲斯·格林的东西,倒像是小女孩们用来玩过家家的包裹,通常那些包裹里装的都是些不值钱的小玩意儿,是用来打扮她们的布娃娃的,里面还藏着她们的秘密。

就这样闯进这个老太婆的私人生活让我在那一瞬间感到非常别扭,就在我准备合上箱子的时候,脑子里突然迸出那台电视机——那台我钟爱的电视机。我想到了以前,以前那些没有人打扰的清晨;还有过去的每个晚上,我们一家人可以在一起用正常的声音说话,而不需要像做忏悔一样地低声细语。想到这些,我耸耸肩,开始在箱子里翻了起来。在一堆卷得很细致的饰带和一沓一沓叠好的十字绣工艺品里,我发现了四个很大的笔记本,是红色真皮封面的笔记本,本子的边上用企口条封住。我拿起一个本子,打开第一页。这是一篇日记,日记上的字体看起来很工整,而且每个字母都写得直直的,这绝对出自我那"可亲可敬"的外曾祖母之手。

在日记本的第一页,我看到:

"

1954年10月30日

阿卡让死了。它太老了,本来我一直觉得对于它的

死，我已经做好了心理准备。然而我还是哭了整整一个上午。汤姆因此而嘲笑我。我想我会跟他分手。一个男人如果不能理解失去自己的宠物狗意味着什么，那他就不算一个真正的男人。我对他说，比起他，我更爱阿卡让。他听了我的话又笑了起来。

1954年11月16日

汤姆走了，还偷走了我的一些东西，他可能以为我要再过很久才会发现东西被偷。但即使这样，我也只是认为这无非是为了甩掉他付出的一点儿代价而已。

过不了多久，我还会有新的情人的。

我听见公寓的房门嘎吱响了一下，于是赶紧合上日

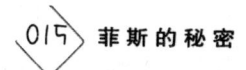

记本,放回箱子里,把箱子胡乱塞进杰西床下面,然后迅速地钻进我的被子里。

"还在睡觉?真拿你没办法。这小子!"

"菲斯,今天是礼拜天。"

"所有的借口听起来都有道理,是吧?"

她从架子上拿起一件羊毛外套,她的衣物都摆放在架子上。

"我回来穿件小毛衣,要是因为少了这件毛衣把我冻出病来就太愚蠢了,是吧?"

她挂在脸上的笑分明是冷笑,此刻我感觉她其实是在琢磨我的心思。不过,只要她猜不到我刚刚偷看了她的日记本,那就万事大吉了。

她走了。我在床上等了一会儿,然后下床,重新翻出日记本。菲斯·格林居然有男朋友……而我以前一直把菲斯·格林想象成一个专吃男人的怪物!我止不住大笑起来。但是,不由自主的,我又想起外曾祖母那双灰色的眼睛,而我必须承认,那双眼睛在她年轻的时候还是很美的。

第四章

开始偷看菲斯的日记

1954年12月3日

　　我违背了当初自己许下的诺言,又领养了一只狗。这是一条那不勒斯猎犬。它以后会长成一只大个儿的宠物狗;而目前看来——它出生才三个礼拜——我还可以把它安置在一个鞋盒子里。

那不勒斯猎犬以前一直都是凶恶的斗犬。

把爱瑞克（我给我的猎犬起的名字）卖给我的那个男人，瘦高的个头儿，长得也很不错。但是我曾经许下的另一个诺言，即使在这个男人面前，我也没有违背。他邀请我跟他去喝一杯，我拒绝了。我对自己能够抵挡住美味的诱惑感到某种自豪。

"美味！"怎么想象得出日记里这个"贪吃"的菲斯就是那个让我们一家人的生活失去自由的老太婆！她写了多久的日记了？这本日记是从1954年10月底开始写的。我算了一下，菲斯那时候已经四十四岁了。可能有更早时候的日记本……找到了！我随手拿起另一个软皮质封面的日记本，本子的扉页上写道：

1920年1月23日

父亲刚才把这四个笔记本送给我，作为我十岁生日的礼物。它们可真厚啊。他对我说，我未来的生活都可以写进这些本子里。终于，我可以开始有自己的日记了。

爱米丽很嫉妒，尤其是本子红色的皮外壳让她更是妒火中烧。我对她说再过两个月就是她的生日了,耐心点儿才行。

这篇日记的字体和1954年开始写的日记的字体完全不同。这篇日记写得很用心,字体圆润而纤细,这些文字一看就知道是用羽毛笔写的,真正的羽毛笔,我在老电影里看到的那种。这四大本日记上记录了菲斯从十岁开始的人生,当我明白了这件事情的时候,突然觉得自己的行为的确有点儿冒失。毕竟,那是七十八个春秋……

我重新拿起1954年的日记本,一直翻看到最后几页。日记本里每两篇日记间隔的时间都很长:我的外曾祖母似乎在那个时候已经不再相信任何人,哪怕是她亲爱的日记本。

1998年8月17日

我决定出发。

1998年11月26日

屋子的门锁上了。我是在门口的台阶上写这几行字的。天上刮着风,树叶在我身边飘落。

1998年11月28日

这个长途车站真脏。脏得真让人觉得是种耻辱。明天我就要到达纽约了,到我孙女家里。

在日记的最后,我才读到她住进我家之后写的那么几行字:

1998年12月11日

米奇去上学了,他父母在楼下的食品杂货店里工作。我已经很久没笑了。我给他们带来了地狱般的生活。必须得走了。

这是三天前的日记。看到这个我本应该高兴得疯掉的,但奇怪的是,我丝毫没有这种感觉。

如果说这时候我决定读完菲斯的所有日记,那不再是出于小心眼儿的报复,而是我希望了解菲斯这个人。虽然仍有困惑,但是我清楚地知道自己手里拿着的是这个老太太人生中的最后一本生活日记。而即使这样,这个七八百页的日记本现在也只剩下三十来张的空白页。

像往常一样,伊玛尔、马库斯和多诺万在电影院后面的停车场上练习滑旱冰。他们是我关系最好的哥们儿。

"你真是蠢头蠢脑。"马库斯对我说。

"还是那个老家伙?"伊玛尔龇着牙咯咯地笑,两只手握成拳头在面前挥来挥去。"看来的确严重。要不你怎么连旱冰鞋都没带来?"

"嗯。"

"你们听见了吧,伙计们?他连旱冰鞋都没穿,居然只

说了一个'嗯'。我觉得,我们得帮他摆脱那个怪物的纠缠。"

"对呀。我们可以趁着她出来散步的时候,把她推倒在一辆卡车下面,然后……"

"这个不行,"多诺万补充道,"如果那个老太婆像米奇描述的那样凶猛的话,她会把卡车撞坏,然后自己毫发无损。不过,也许可以用毒药……"

我抬起手让他们冷静下来。

"听着,你们可能觉得我有点儿奇怪,但是从今天开始往后的几天,我会了解到更多有关她的事。可能一切都跟我开始想象的不一样。总之,我想说……算了。我去拿我的旱冰鞋。"

第五章

菲斯童年的家庭变故

1921年7月18日

　　今天早上,母亲在厨房里哭。她不愿意告诉我原因,但我知道事情很严重。我刚放学回到家,父亲就回来了,比往常都要早;而父亲,他的脸色也很不好看。我希望他们能尽快决定告诉我到底出了什么事。

1921年7月29日

全完了。父亲告诉我他破产了,一个雇员偷走了公司的钱,而这个人还没有被抓到。他还给我解释了一些很复杂的关于保险的问题,我没能全明白。但是我们必须得离开芝加哥了。我把这一切告诉爱米丽的时候,她哭了。她跟我一样,我们所有的伙伴都在这里。而除了这些,我们还得开始自己动手做家务了。母亲辞退了两个女佣和家里的司机,她甚至把厨子也辞掉了。

芝加哥?仆人?我以为菲斯一直住在蒙大拿那个偏僻的角落,过着贫困的生活。

我很吃惊,并且有些羞愧。必须承认,我以前什么都不知道,对家族的生活一无所知。一直以来我始终对此满不在乎,因为在我的眼里,老人们过去的生活跟现实无关,更关键的是,我觉得他们的人生乏味透了。

菲斯写这篇日记时只有十一岁。那时候的她比现在的我还小。

LES SECRETS DE FAITH GREEN

1921年8月16日

我想我快要疯掉了。布莱克百丽真是一座恐怖、狭小、令人恶心的城市，大街上还有一些印度人走来走去！母亲说，我们要把家搬到一个漂亮的地方，是在大森林里，在蒙大拿的北边，靠近加拿大边境的地方。爸爸在那里有一个生意上的朋友。

我们到了母亲说的这个地方。这里荒无人烟，爸爸的合伙人长相古怪。这个像巨人一样高大的留着浓密胡子的男人脸上没有鼻子。

他几乎不怎么开口说话。但我还是知道了他叫亨利·乐古，这是一个法语名字。他把我们一家人安置在一个破旧的旅馆里。他说，只能这样了，这是布莱克百丽唯一的一家旅馆。

1921年8月29日

爱米丽在外面捡木柴的时候，遭到一只猞猁的袭击。这真是一个奇迹，她居然毫发无损。爱米丽告诉我事情发生的经过：当时，她正弯下腰来去捡地上的一根很粗的树枝，忽然她听到自己背后有动静。于是她手里拿着树枝转过身去，看见了那只跳到她背上的猞猁。于是，她迅速地用手里的粗树枝打了那只猞猁一下,猞猁就跑掉了。

我们把这一切告诉亨利·乐古的时候,他嘲笑我们说,一个九岁的小丫头是不可能吓跑一只猞猁的。但是爱米丽用羽毛笔给他画出了猞猁的头、耳朵和整个模样。爱米丽向他解释说,自己在学校的时候,在自然历史课本里看见过猞猁,她遇到的那只和书里的一模一样。乐古先生听了爱米丽的话,用手指抓了抓脑袋,最后他承认爱米丽是遇到了猞猁,而且她真够走运。

哦,对了,我忘了说了,我们住在一幢盖在森林中央的房子里。具体的情况等我不那么累的时候再写吧。

LES SECRETS DE FAITH GREEN

爱米丽是菲斯的妹妹。那她是不是还活着呢？真是郁闷，我既不能向我的外曾祖母提这个问题，也不能向我的父母提这个问题。如果我问他们，那么我偷看日记的事情就会暴露。不过我还是希望由我的父母来告诉我这个问题的答案。

我一直都很担心自己偷看日记的时候被菲斯撞见，所以我只在她一大早出门散步的时候才翻出日记来看。因为她每天晚上逼着我们像母鸡一样睡那么早，起个大早看日记对我来说也不是什么难事。我和爸爸妈妈已经不再每天晚上看哑巴电视了。有时候，我会中断阅读第一本日记而去翻翻菲斯的第四本日记，看看她有没有写上点儿新的东西。但是什么都没有。直到她在我家住了三个星期之后，我才在一个早上看到她写的新日记：

1998年12月20日

圣诞节快到了。我得在过节之前离开这里，不能破坏他们过节的兴致。我害怕重新回到一个人的孤单生活里。家族还有其他人，但是跟他们在一起我也同样不开心。跟任何人在一起我都是这样。过去的生活太艰难了。我已经不会微笑了。

"我已经不会微笑了。"这是前不久写下的话。到底出了什么事让她"已经不会微笑了"?她不久就要离开我家。而我,却希望她留下来。

第六章

菲斯不慎摔伤

意外发生在12月22日,菲斯一定会选择这一天向我们宣布她要回蒙大拿,对此我深信不疑。妈妈料到这场意外迟早会发生。街道的路面上结了薄冰,走在上面双脚打滑,整个街区的人们身不由己地过起了"溜冰节"。

当然，我那来自蒙大拿的恐怖外曾祖母是不会在意地面有多滑的。那天早上，她刚出门没多久，钟表匠凡克多福尔先生就来敲我家的门了："老太太刚才摔倒在人行道上了。她这一跤摔得够严重的。"

我们赶紧跑过去，菲斯躺在碎石路面上，已经昏迷了。凡克多福尔太太用手撑着菲斯的头，她告诉我们她的丈夫已经去打电话给医院叫救护车了。"千万别挪动她。"爸爸嘱咐大家。此刻他只穿着睡衣站在人行道上，冻得牙齿咯咯直响。而我因为脚下太滑，差点儿摔在外曾祖母的身上。

妈妈说："我去拿一床被子来，不能让她在这么冷的天气里躺在地上。"

我和妈妈回到家里，我上楼穿好衣服，顺便把爸爸的冬大衣也拿下来。妈妈从衣橱里取出两床花格子毛毯，嘴里咕哝着："幸好凡克多福尔夫妇起得早。这个老太婆真是太愚蠢了！"但是我从她的语气里能感觉到，她其实和我一样担心菲斯。

"人到了这个年纪，摔上这么一跤通常都会要了命，"医生说，"你们最好要有准备。她的踝骨骨折，颅骨也有

外伤。除此之外,她已经昏迷半个多小时了。"

"存活的几率有多少?"爸爸问医生。

"十分之一。"

我感到很伤心。

我不知道此刻我父母是怎么想的,他们听到这个消息会不会反而感到轻松呢?毕竟,菲斯的到来曾经让我们的生活变得一团糟。

1921年9月17日

亲爱的日记,我一直都太忙,不过现在总算有点儿时间来写东西了。这种新生活完全不同以往。一切都那么不一样。我试着列了一张小清单,看看到底有什么不一样:我和爱米丽得自己整理床褥,还得帮母亲干其他家务活儿,因为我们现在已经没有任何用人了。母亲还要做饭。我和爱米丽也没有在芝加哥穿的那些衣服了,因为我们从芝加哥出发去蒙大拿之前几乎把一切都卖掉了。

在这里,我们买了一些更适合在森林里生活穿的衣服。亨利·乐古给我们找了一座建在一片林中空地的房子,离布莱克百丽两公里。这栋房子一半是石头,一半是木头。我和爱米丽睡在一个房间里,我们经常争吵。

父亲用四轮马车送我们去上学(在芝加哥的时候,他把那辆漂亮的福特豪华型汽车也卖掉了),一路把我们拖着——马车的速度太慢,我只能用"拖"这个词——布莱克百丽的那匹马叫"巴巴布",这是一个法语名字,我不知道它是什么意思。巴巴布以前是亨利·乐古的马,后来他把它卖给了我父亲。这是一匹黑色的老马,身上还有一些白色的斑点。它被拴在房子那个小小的谷仓里,乐古先生还教我们怎么照料它,怎么把它套在马车上。

布莱克百丽学校里全是一些害人精和小流氓。我和爱米丽被他们打了三次,三次都是被暴打。这里的小孩儿比芝加哥的小孩儿强壮野蛮多了。他们嘲笑我们,还模仿我们走路的样子,说我们走起路来像便秘的小母鸡。我紧紧地握着拳头。但最终我和爱米丽也用自己的拳头教训了他们一顿,打人和不打人其实只是一个习惯的问题。爱米丽比我还狠,别忘了,她还打跑过一只猞猁呢……

我还是不太明白我们全家到这里来做什么。为什么父亲选中这样一个偏僻、离芝加哥那么远的地方?他来这里寻找什么?他是怎么认识这个乐古先生的?我有太多的问题,却找不到答案。每次我问父亲和母亲,他们都只是挤出一个笑容,说的始终是同一句话:"我们很快会告诉你为什么的。"

第七章

菲斯想回蒙大拿

"我从来没有遇到过这样的事情。她两天前被送进医院的时候,我差点儿就要拿笔在她的死亡通知书上签名了。但是今天,她从早上五点钟就开始大吵大嚷,说医院的早餐太难吃。我非常想请求你们把她带走,因为她已

LES SECRETS DE FAUSTA GREEN

经打过石膏了,但是我知道这种请求不太合理,所以我们会让她再留院观察一个礼拜。"大夫对我妈妈说。

"您是说她脱离危险了,大夫?"妈妈很吃惊。

"脱离危险,可以这么说。但现在是医院里的护理人员在受罪。您的母亲从昏迷中清醒过来之后就一刻不停地发脾气。"

"她不是我妈妈,是我的奶奶。我们能看看她吗?"

就在这时,一阵令人毛骨悚然的咒骂声从医院服务台走廊的尽头传过来。

"一瓶酸奶两块饼干!你们是不是疯掉了!你们把我当金丝雀吗!我要专门给基督徒准备的早餐,不是用来塞牙缝的小肉团!"

"确实如此,她好些了。"爸爸说这话的时候,脸上满是凄凉的表情。

"好太多了。"我笑着补充道。

一个护士从菲斯的房间里走过来,开始冲着刚才跟我们说话的大夫发起火来:"我说,大夫,您就不想给疯婆子打一针镇静剂吗?"

"嗯……我给你介绍一下,格林太太的家人。"

护士的脸颊一下变得通红,红得配不上她身上那件绿色的工作服。

1921年11月11日

父亲的行为让人捉摸不透。三个月前我们还住在芝加哥的时候，他和母亲穿着都非常雅致，举止也很矜持。我不知道是不是因为我们住在森林里，或是因为他结交了那些古怪的朋友，父亲现在变得邋里邋遢。他经常早上不刮胡须，以前他每天都换衬衫，但是现在他一个礼拜都只穿着同一件黄色的鹿皮上衣，而且穿着这件衣服让他看起来像一个捕猎毛皮兽的猎人。

有时候他会一整天不见人影；亨利·乐古每天天一亮就来叫他，然后他们就出去了，父亲始终板着脸，似乎他们正面临某些我不知道的危险。我和爱米丽都不知道我们到这里做什么来了。我们问父亲的时候，他总是咕哝着，不给我们明确的答复；而问母亲，她只是说父亲在做生意。这个回答太不清楚了。尽管如此，我想我还是幸福的。

1921年12月2日

晚上，父亲和亨利·乐古肩搭着肩大笑着走进家门。

他们咯咯的笑声听起来像母鸡在叫,一进门,他们就一屁股坐在客厅的地板上。

"他们醉得像小猪。"爱米丽说。

母亲批评她不应该这么说自己的父亲。

"你们知道为什么我没有鼻子?"乐古先生问我们。

"我们没必要知道。"母亲没好气儿地对他说。

"是因为小耶稣把它从我这儿偷走啦!"这位大胡子的乐古先生怪声怪调地嚷嚷着。

他和父亲都忍不住扑哧一声笑了出来。到最后,母亲、爱米丽和我也被这种笑声所感染,整个房中都回荡着我们的笑声。

"那个老家伙进了医院?你应该感觉好多了吧?"伊玛尔说。

"不准你再叫她'老家伙'。太难听了。"

"哦,哦!我搞错了,还是……你难道开始喜欢她了?你不会有点儿受虐癖吧?"

"听着,菲斯经历过一些很难以置信的事情,我……"

尽管马库斯、多诺万和伊玛尔一直以来都是我最要好的朋友,但我还是不想告诉他们日记的事,否则我会感觉自己做了一次背叛者。

"……我还是不说了。"

我们决定沿着大街溜旱冰。这条大街上有一条长长的柏油人行道,它非常光滑,是滑旱冰的绝佳滑道。当我以极快的速度溜旱冰的时候,脑子里就会不由自主地想到菲斯。今天晚上是圣诞夜。我的哥哥杰西上午刚到了家,我的外曾祖母因为受伤只能住在医院里,不过这样杰西才能睡在他自己的床上。

菲斯身体一恢复就要收拾东西离开我家。如果我不知道这个消息的话，可能感觉会好一些。除此之外，即使全家人已经决定在今天晚上的圣诞夜去医院看望老太太，她还是要自己在死气沉沉的病房里度过大部分圣诞节的假期。而她的心情已经很久没好过了，家里人看了她的日记就知道了。

我当时太专注于想这些让我担心的事，以至于压根儿就没注意到多诺万旱冰鞋上的小钢珠从他的鞋上掉了下来，正好滚到我的脚下。不过即使我看见了，可能也太晚了。因为我当时的速度太快了……我踩在了钢珠上，感觉自己的双脚失去控制，眼看着正前方的那堵墙，我迎面撞了上去。

第八章

不再讨厌菲斯

圣诞快乐！我躺在一间病房里，和菲斯的病房隔两个房间。我是锁骨骨折。一条捆绑得很紧的绷带死死缠住我的肩膀和胸脯的一部分。

"你可真蠢啊！"我的外曾祖母听了我讲述的自己是

怎么摔倒的,她脱口而出的竟是这句话。

"是。但是至少我,我是因为溜旱冰才摔跤的。可不像我认识的某些人,他们什么都没干就把自己撞得头破血流的……"

"得啦,我回我的房间了。现在我的脚踝有点儿疼。"菲斯嘟囔着。

"这样很好,你不能再让这个老巫婆搅得心烦了。"蒙大拿恐怖人物刚走出房间砰的一声关上门,杰西就这样对我说。

我很高兴又见到我的哥哥。他比我大六岁,在距离纽约几个小时路程的天佑大学读书。事实上,他学习成绩很糟,但却是一个棒球高手,我们家族的小孩儿都是这样。而那所大学之所以愿意录取他,就是因为他一个人就能确保整个校队在校际锦标赛的时候拿冠军……他是一个所有小弟都梦想的那种了不起的大哥。

"杰西?"

"嗯?"

"我最近正在看菲斯的私人日记。"

我把我在日记里读到的东西都告诉了杰西。然后他对我说:"你知道,她的确是一个令人讨厌的老太婆,但我想,你这样做恐怕也不好。她肯定不希望人们像你这样伸着脑袋偷窥她的生活。"

"我要告诉你一件非常奇怪的事情。她刚到家里我就开始恨她,是打心眼儿里的恨,我差点儿一冲动把她推下楼梯。后来我发现了日记本,从我读完第一篇日记之后,我就慢慢改变了对她的看法。是的,这可真是件怪事,我不知道该怎么说……我想,现在,我很喜欢菲斯。而且当她惹人厌烦的时候,我知道那并不是真正的她,她其实是在掩饰自己。真正的菲斯在她自己的日记本里才能看到。"

杰西看着我,像从不认识我似的。

"我应该经常回来。你长大了,我却没有发觉。你像个老哲学家……你就像《耶迪归来》里面的那只小怪物犹达——只是你少了两只绿色的耳朵!"

"就是这样,很好笑吧。麻烦你,明天早上你再过来的时候帮我把第一本日记带过来。那本日记的第一页写着1920。"

"好的,但是你可别让那个老家伙给抓住了,不然她会用小勺子把你的眼睛挖出来。"

圣诞晚会很成功。爸爸带来一箱麝香泡沫白葡萄酒,这是一种很有名的意大利葡萄酒,我们把这些酒分发给医院里的杂务人员、病人,还有医生和护士。爸爸的两个兄弟和一个姐姐也来了,他们四个人的表演让圣诞夜充满了看小丑电影时才有的欢乐气氛。他们怪声怪调地高唱着意大利歌曲,每个人都把一只手放在胸前,这种表演看起来真傻。最后,主治医生到病房来把他们都赶了出去。一箱的麝香泡沫白葡萄酒早就空了。我和菲斯在医院的大厅里和这些寻欢作乐的人告别。经过走廊回到病房里的时候,我看见一滴眼泪顺着菲斯的脸颊滑落下来。

我还没来得及说话,她已经走进她的房间关上了门。凌晨两点的时候,我起床去敲她的房门。她没有回应我,但我还是进了房间。

　　"菲斯……我很高兴你住在我家,而且我希望你能继续住下去。"

　　她一直不说话,我想她可能睡着了,不要叫醒她了。就在我要走出房间的时候,她说话了,那声音似乎离我很远:"圣诞快乐,米奇。"

第九章

菲斯父亲的秘密

1922年1月19日

今天晚上父亲和母亲吵得很凶。母亲责怪父亲不该让我们生活在危险中,父亲则回答说他不会让我们饿死的。他们吵了很久,我听到母亲开始哭,父亲安慰她。他说:"如果当初我不那么做,现在我们就不会在这里了。"我一点儿也不明白他们在说什么。但是我已经打定主意,我要开始监视他们,即使这样的做法不太光明磊落。四天后我就十二岁了,我已经不再是一个小毛孩子了。

1922年2月3日

眼下的冬季突然气温回暖,森林里的积雪几乎全部融化掉了。亨利·乐古在我家待的时间越来越长。我们已经习惯了看他嘴巴上方的那个洞,那里原本应该是他的鼻子。我似乎从来没有了解过这个男人,他总是冷酷又和蔼。今天吃晚饭的时候,他告诉我们他的妻子和儿子在新奥尔良一次旅馆火灾中被烧死了。亨利不是一个容易掉眼泪的人,但是他说这个的时候脸上的表情却很痛苦。即便是我们当中对亨利最抱有怀疑态度的母亲,也被他的故事打动了。我突然问亨利——我当时没能忍住:"您是怎么认识我父亲的?"

安静,很长时间的安静,直到母亲说:"菲斯,帮我收拾一下。乐古先生,您要喝杯咖啡吗?"

1922年2月27日

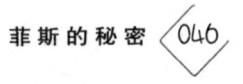

一个男人今天来了我家。我和爱米丽今天都没课，我们独自在家待着，因为母亲赶着马车到布莱克百丽买东西去了，而父亲从来不会在天黑前回家。我打开门，那个男人就站在我面前。我长这么大第一次看见这么漂亮的男士。他个头儿不是特别高，五官精致得像女孩一样。他金色的鬈发垂在肩膀上，眼睛是浅褐色的，眼神清澈，让人觉得这双眼睛能发光。

"您好，小姐，"他说，"我叫吉姆·克里布。您父亲在家吗？"

我当时不知道该做什么，就闪身让他进到屋里。他没有动，微笑着。"我想你的父母不在家。你知不知道为陌生人开门是很冒失的行为？你替我传个口信给你父亲吧。告诉他我今天来过，我希望明天能和他见一面，就在这里，这个时间。我想，您不会忘记吧？我叫吉姆·克里布。"

他走了，树林里没有道路，他像一只动物一样渐渐消失在树林深处。我焦急地等待父亲回来。

1922年2月27日深夜

出大事了。我把吉姆·克里布的口信转达给父亲的

时候，他的脸色立即变得苍白无比。"你给他开门啦？你这个愚蠢的小孩儿！"他向我咆哮着。父亲抬起手来，我想他是要打我，他可从来都不碰我和爱米丽一手指头的。"我们不知道不能开门。"爱米丽气呼呼地说。"而且，从来没有人来这里。你告诉过我们，这里最危险的东西就是野兽。而一头狗熊或一只狮子是不会敲门的。"

　　父亲用钥匙把母亲、爱米丽和我反锁在屋里，然后出门消失在夜色中。一个小时之后他回来了，还有亨利·乐古，那时候母亲已经把我和爱米丽安顿好上床睡觉了。母亲、父亲和亨利·乐古，他们三个人围着炉火低声细语。我听见父母几次提到我和爱米丽的名字,听到乐古先生不停地说到"小耶稣"。"小耶稣"?这听起来傻乎乎的称呼是什么意思?猛然间,我想起来,一两个月前,有一次乐古先生喝醉了,他说:"小耶稣把我的鼻子割掉了,所以我现在已经没有鼻子啦。"这个吉姆·克里布先生和小耶稣难道是同一个人吗?这不可能。一个长得像天使一样的人是不会把别人的鼻子割下来的。我不得不停笔了,因为刚才月亮跑到黑云后面去了,我现在几乎什么都看不见了。

一位医务护理工走进我的病房,给我送来午餐。我赶紧把菲斯的日记顺手藏在枕头下面。吃着火腿土豆泥午餐,我心里不禁在想,自己在布鲁克林过的小日子跟菲斯·格林不同寻常的生活经历相比,简直微不足道。

第十章

米奇开始了解菲斯

傍晚的时候,蒙大拿巨兽走过来坐在我的床上。我很紧张。像菲斯·格林这样性格刚烈的人,她准是先靠近偷看她私人日记的那个家伙,然后一巴掌打在他的后背上,但是现在她却显得跟我一样局促不安。我突然发觉

LES SECRETS DE FAITH GREEN

自己此刻很想变成跟她一样年纪的老人。这也是我第一次看到那么远的将来。对于我这个年龄的小孩儿来说，三十岁的成年人已经算是生活在另一个星球上的人了。那么，八十八岁的人……她跟我的差距只能用光年来计算。

老太太不停地捏着拐杖的橡胶柄，欲言又止……我始终不说话。

她很用力地张了张嘴，这个动作甚至让她的脸抽搐出很多褶皱来。

"你了解森林吗？"

"嗯……什么？"

"森林。森林，树木！"

"您知道的，在这里，在布鲁克林，我们……"

"你们从来没去过森林，你和你爸妈？"

我本该跟她详细解释一下我家没么多钱，但我还是没有说，因为事实上，我们对花草和大自然不是特别的向往。因为我们都是"大苹果的孩子"——大苹果是纽约城的绰号——我们早已经习惯了高楼大厦水泥墙。

菲斯还是猜中了我的心思：

"我的孩子，一切都在大自然里。所有的答案都在里面。我指的是原始的大自然,不是广场上人工修剪的草坪。某一天,在夜幕降临的时候,你独自一人在黑漆漆的森林里,踏着及腰深的雪走上几个小时,你会面对面地撞见一头鹿或者一只大棕熊。孩子,你会在这一天更了解大自然的。"

我还没有想好怎么回答她,她已经走出我的房间了。

1922年2月28日

中午十二点。天还没亮我就醒了,心里总有预感要发生什么事;我们的房间在楼上,父母的房间也是。有人在楼梯下面说话,我以为是有人来我家了。而事实是母亲、父亲和乐古先生在那里交谈;他们昨晚压根儿就没睡觉。我听见有金属碰撞的声音,就探出头去,就算会摔下去,我也要看看他们到底在干什么。借着清晨第一道微弱的曙光——他们没有点煤油灯——我看见父亲和亨利·乐古正在检查两杆粗筒步枪。

虽然我的眼睛已经习惯了在黑暗中看东西,但我还是无法看清楚他们的表情。母亲用手指绞着她的裙角,她每次做这个动作就表明她的内心十分不安。

我重新回到床上躺下。爱米丽还在睡觉。

两个小时后母亲来叫我们起床。她说今天我们不用去上课了，但也不准走出房子。尽管我们一直问她是什么原因，母亲却不愿意再告诉我们更多的事情。我没有跟她讲我刚才看到的一切。从楼梯上下来的时候，我们……

国际大奖小说

日记写到这里突然没有了。在"我们"这个词的后面有一团墨水。直到3月3日，日记才重新接上。

1922年3月3日

我终于又见到你了，我亲爱的日记本。这些日子以来，我一直没法儿写东西。小耶稣，我更想叫他克里布先生，死了。他的两个朋友也死了。乐古先生现在住在家里。

嗯，我必须从一开始写起，从2月28日那天写起。那天，我的父母和亨利·乐古等着和吉姆·克里布见面。哦，不，这一切都太恐怖了，太可怕了，我无法用言语来描述它。我不想复述了。幸好，爱米丽什么都没看见。

第十一章

菲斯眼中不一样的生活

  日记上这些欲言又止的话让我很想直接翻到后面,看看那天到底发生了什么。但我对自己说,这样做的话对日记不够尊重。

  一个肥胖、满头大汗的大夫走进我的房间为我测量血压,他用对一个五岁小毛孩那样的语气跟我说话:"感觉怎样,我的小娃娃?生活多美好啊!不用去上学啦!"

得了吧,你这个长得像必比登一样胖的家伙(法国轮胎制造商米其林的卡通商标)。快点儿,快给我走开。

我正准备重新开始阅读日记,多诺万和伊玛尔来了,还捧来一大束花。他们告诉我马库斯不能来看我,但是送我的礼物里面也有他的一份。那是一双"趣路"牌旱冰鞋,是市场上最棒的牌子。这双鞋肯定花了他们不少钱。我很后悔当时没能更加热情地接待他们,因为我像着了魔一样,只是迫切地想知道菲斯接下来遇到了什么事情,而且我知道我不能把这件事告诉任何人。

伊玛尔和多诺万刚离开我的病房,医院的护工又进来了,他是来给我送饭的。真见了鬼了,人们一个接一个地进来,让我无法继续看日记!

我一通狼吞虎咽,嚼也不嚼,更不管应该先吃红皮小萝卜再吃焦糖冰激凌,我以迅雷不及掩耳之势解决了我的午餐,终于可以重新拿起那本红皮日记本了。

1922年3月5日

亨利·乐古的房子破极了,已经无法再修补。父亲不

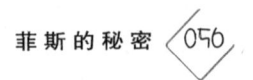

停地劝说他和我们住到一起。我不知道母亲是怎么想的,她可能很感激乐古先生救了我们的命;但是我更想说的是,如果不是他,我们也不会遇到任何危险。

爱米丽不停地问我问题。她肯定也感觉到发生了一些奇怪的事情。我向她保证我知道的不比她多,但是她不相信我。

1922年3月11日

现在我知道父亲和乐古先生究竟在做什么事,而我对他们的看法跟以前也不一样了。上帝啊,父亲跟他在我心目中的形象是那么的不一样!现在的他已经不再是那个芝加哥绅士。母亲也变了,她的表情总是很凝重,这让我觉得她比以前更美了,我们在这里经受的不安和困难让她的脸部线条更加清晰。是啊,警察或者那些吉姆·克里布之类的强盗,他们随时可能出现。

1922年3月15日

只有今天我是一个人在家的。父亲和亨利·乐古到很远的地方去了,母亲和爱米丽去布莱克百丽买东西去了,因为老马巴巴布在发烧,所以她们只能步行去。母亲走的时候在她的包里装了一只雷明顿左轮手枪,那是父亲买给她的。她本来坚持让我跟她们一起出门,但是因为我一点儿都不想去,所以她只好把我锁在屋子里,让我不要给任何人开门。母亲的这些叮嘱其实没有必要,我还没傻到那种地步。

就像我答应过你的,我亲爱的日记,我现在就告诉你发生了什么。

LES SECRETS DE FAITH GREEN

2月28日中午,我正在写日记的时候,有人来敲我家的大门。母亲上楼来到我们的房间,警告我们不准下楼。父亲开了大门。我听出来那是吉姆·克里布的声音:"您好,格林先生。乐古没在您这里?""没有。"我听见父亲回答说。

我猜乐古先生当时就藏在我家的某个角落。

"我能进去吗?我想和您谈谈。"吉姆·克里布接着说。父亲一口回绝了:"不行。我们去其他地方谈。边走边说会谈得更清楚。"吉姆·克里布大笑起来,他们就走了。几秒钟后,我听见一阵嘎吱嘎吱的声音:那是卫生间的小窗户发出的声音。我猜乐古先生就藏在卫生间里,他刚从那个小窗户逃到房子后面去了。怎么会有这么多诡计和阴谋?我一直都不知道吉姆·克里布是这么危险的一个人。母亲、爱米丽和我……

第十二章

米奇不希望菲斯离开

1922年3月17日

如果我不把发生的事情一一说清楚,就总感觉命运在后面催赶着我。15日,我正在写东西的时候,忽然听见房子前面传来一阵可怕的声响。我吓坏了,以为有强盗

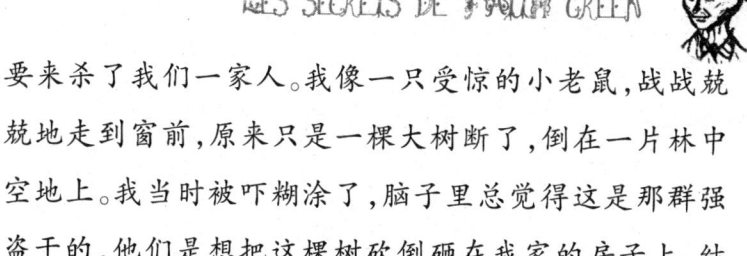

要来杀了我们一家人。我像一只受惊的小老鼠,战战兢兢地走到窗前,原来只是一棵大树断了,倒在一片林中空地上。我当时被吓糊涂了,脑子里总觉得这是那群强盗干的,他们是想把这棵树砍倒砸在我家的房子上,结果因为计算失误没能砸到房子。但当我眯起眼睛仔细一瞧,发现这棵大树的树干已经蛀空了,木头都腐烂了,它是自己倒下的。

母亲允许我们在房间里点两支蜡烛,但是提醒我们别烧着什么东西。我现在就是在这样微弱的烛光下写日记的。爱米丽睡着了。2月28日,当我听见父亲和吉姆·克里布离开之后,乐古先生悄悄地紧跟在他们后面也走了的时候,我知道,我不能再这样一直待在屋子里了,我得出去。但是怎么才能不让母亲知道?没错,是她自己给了我解决的办法,她把我们留在房间然后下楼去了客厅。"你们待在这里哪儿也别去。"她说。

母亲的脚步声还在楼梯上发出回响的时候,我低声对爱米丽说:"我出去一下。"她努力劝我不要走,甚至宣称要去告诉父母。但我知道她不会那么做。我打开一扇和卫生间窗户一样面朝屋后的小窗,然后沿着木檐槽滑下楼去。这个木檐槽是我和父亲几个月前修的,很结实,永远都不会松脱。

我不得不绕一个大弯以防被母亲看见,因为她有可能现在正站在客厅的窗户前往外看。好在除了我家房子的那片空地,森林里其他地方的树木还是很茂密的,要在这里面藏身也很容易。

我很害怕,一是因为最近发生的事情,二是因为我想起爱米丽曾经在树林里遭到一只猞猁的袭击。那天之后,我和爱米丽都不敢再单独进森林。那天我摸索了不长时间就发现了吉姆·克里布和我父亲在距离我家房子一百来米的地方说话。那个长得像天使一样的男人靠在一棵枫树上,手里捏着一片枯叶,边说话边不经意地把它撕成一片一片。父亲直直地站在那里,两只手插在他的羊皮上衣口袋里,他的声音听上去如此的冷酷,以至于我都辨认不出来那是不是父亲的声音。他说:"如果我没理解错的话,我和乐古要把蒸馏酒厂百分之五十的盈利都给您?克里布,您真是一个爱开玩笑的人。"

"开玩笑?"克里布冷笑着,"您可以去问问乐古的鼻子,我是不是一个喜欢开玩笑的人。您知道我是怎么把他的鼻子拔下来的吗?用钳子!他也许已经告诉你们了……好吧,这只是一个百分比的问题。就在那件事情过后,我跟警察的一些小麻烦让我不得不飞到佛罗里达待了一两年。现在我又回来了!回到我的地盘上,我的地盘!您明白吗?"

"我所明白的是,"父亲说,"我们真不应该因为你长了一张漂亮脸蛋儿就叫你'小耶稣',应该叫你'小私生子'。这跟你实际的身份更接近。"

"经常有人侮辱我,尊敬的格林先生,"克里布冷笑道,"我从十五岁开始就干这一行,而您只是一个新手,这显而易见。不过,我向您保证,您得为此付出更多。要我给您解释一下吗?我既没家人也不关心我同伙的生死,而您,您就不一样了,您有妻子还有两个女儿。她们每人都有一个鼻子,两只耳朵,一条舌头,还有手指……要割下它们得用一把锋利一点儿的钳子。"

"你这个混蛋!"父亲高声叫着朝吉姆·克里布扑过去。

吉姆·克里布叫了一声,并且机灵地躲开了父亲抡过去的拳头。这时有两个男人从矮树丛里冲了出来,一个手里拿着一支很大的自动手枪,另一个举着一支冲锋枪。他们试图瞄准我父亲,但是因为他和吉姆·克里布靠得太近,这帮家伙就不敢开枪,怕伤着他们的同伙,可是

这个天使脸蛋儿魔鬼心肠的家伙竟然挣脱了,他……

  我听见走廊传来"啪嚓,啪嚓"的声音,这是英式拐杖敲击在亚麻地毯上发出的声音,一秒钟后菲斯进了我的房间,她从来不敲门。我不知道自己是怎么来得及把日记本藏在被单下面的。看见她进来,看见她那双又大又深的灰色眼睛——那双眼睛几乎占据了她整张脸——对日记的阅读又一次被打断,我很不高兴,但同时心底涌上一股莫名的、温暖的感觉。当她走进房间的时候,我对自己说,我的外曾祖母就像外冷内热的挪威煎蛋,她展现给别人的一面总是冷酷的,而她的内心其实是热情的。这一点我很肯定。

"我的小伙子,有人打扰你了?我……我在这个牢房里待得快疯掉了。我一出院就回蒙大拿。"

"菲斯!你不能那么做!"

她对我过激的反应感到很惊讶:

"你真善良,我的孩子,但不要拿我开玩笑,我头脑还清醒。我在你家生活对你们来说,是永远摆脱不掉的负担。"

"菲斯,我,我……求求你,你别走。"

"很抱歉我已经打定主意了,米奇。而且我很固执,可能你也发现了这一点。"

"你就像一头老驴那么固执!"我不假思索地对她吼道。

话一出口我就开始咬自己的手指头。她会不会拿拐杖痛打我一顿?没有。她向我微笑着,而且这微笑是她到布鲁克林之后我见到的第一次真正的微笑。

第十三章

菲斯目睹父亲杀人

杰西来向我道别。他要回学校了,就是说他要重新开始他的棒球训练了。我告诉他我们的外曾祖母要回蒙大拿了。

"那又怎样?这好极啦,不是吗?"

怎么让他明白呢……也许得把那些大篇大篇的日记念给他听他才能明白,但是,即使对方是杰西,我也不能这么做。菲斯的过去只能我一个人知道。

"你最好在她发现日记失踪之前把它放回原处,"哥哥说,"不然的话,她会用她的左轮手枪在你身上打出好多个枪眼儿,让你变成喷壶的莲蓬头。"

他说完大笑起来,然后转身离开了我的病房。我把被单往上一直拉到我的下巴,我想睡觉了,因为我觉得很累,而且我也不敢再看日记了。

在迷迷糊糊睡着之前,我对自己发誓:不能让蒙大拿巨兽就这样离开我家。

……可是这个天使脸蛋儿魔鬼心肠的家伙竟然挣脱了,他冲着那两个手下喊道:"把这个混蛋给我撂倒!"他们用枪瞄准我父亲。这个时候,我已经惊慌失措,嘴巴张得大大的,却动不了也喊不出声音。听到第一声枪响的时候,我闭上了眼睛。然后我听到一连串的冲锋枪发射的声音,接着又是一枪,然后是第三枪。我的牙齿不住地咯咯作响,我长这么大从来没有如此地害怕过。接着,我听到了父亲的声音:

"亨利……你把他们三个都杀了。"

我努力睁开眼睛,想看个究竟。乐古先生从矮树丛里钻出来,手里拿着一把步枪。他往地上吐了一口唾沫:"这下总算轻松了。世上少了三个败类。""小耶稣"和他的同伙此刻躺在地上,身体蜷缩着,父亲俯下身去看着他们,"亨利,你知道你在说什么吗?他们可是活生生的人啊。"

乐古又往地上吐了一口唾沫,"你错了,埃芒德,他们是一群禽兽。你看看我的鼻子,再想想如果现在是你躺在这里,你的妻子或者菲斯和爱米丽她们在这里哭,那又会怎样?"

"但是,我们犯下凶杀案了。"父亲说这话的时候,呼吸很急促。

"你又错了,埃芒德,加拿大人都很暴躁,这是合法自卫。但是这个,我们没法找法官说理去。得把尸体埋起来,或者还有更好的办法,我们把他们扔进斯万湖里。他们来的时候开了一辆法式豪华轿车,就停在路上,我们得让它也消失。哦,对了,最后,我得告诉你,我的房子被他们烧掉了。这三个混蛋一直找不到我,因为我藏在你家。你当时跟'小耶稣'在门口说话,我听见另外那两个可恶的家伙交谈,说他们把我的房子烧了。我得去看看,但我怀疑这帮狗杂种恐怕连一块石头都没给我留下。重要的是他们有没有碰我的家具!"

"我不知道,我不知道……我得去看看简和我的两个女儿。"父亲含糊不清地说。

听到这句话,我立即悄悄逃开了。在回去的路上,我远远看见母亲正在往这边跑过来,披头散发的,她刚才一定听见了枪声。我赶紧闪身躲进路边的灌木丛里。等她过去之后,我回到路上,一直跑到家门口,沿着檐槽重新爬进我和爱米丽的房间里。

1922年4月11日

我亲爱的日记,我已经一个月没有跟你说话了。但这一个月里,我一直都把你装在我的书包里,随身带着,我不想让别人看见你。我们现在的生活与在芝加哥的生活相比简直有天壤之别。亨利·乐古不再提重新盖房子的事,他把我家谷仓巴巴布住的马圈收拾了一下,腾出一片给自己安身的地方。即使是一开始最犹豫要不要收留乐古先生的母亲,现在看起来也开始喜欢他了。一想到就是这个男人让我父母做了违法的事情,我总是觉得很不可思议。因为现在,我已经明白了一切。爸爸以为我什么都不知道,所以还会当着我的面谈论蒸馏酒厂。我们所有人都是歹徒恶棍。我想爱米丽也会很想知道一些真相,但我不会告诉任何人。

第十四章

菲斯恋爱了

日记看到这里,我大吃一惊:家族里还有过这样的人……菲斯,是罪犯的女儿……

这天早上,妈妈像往常一样来医院看我,我对她说晚上再过来的时候把我的历史课本带过来。她感到很惊呀，因为我以前从来没有表现出对学习有这么狂热的兴趣。

一拿到我的历史书，我就开始在书里找，美国历史上的"禁酒时期"，"禁酒时期"……找到了！"禁酒时期"：

"1920年1月17日，第18号修正案被通过，此法令禁止在美国领土上生产、运输以及出售烈酒。法令实施不久，美国境内立即产生大范围的违法生产销售烈酒行为。走私酒商贩私自制造并销售大量劣质酒，由此引发的非法之徒为争夺利益而产生的冲突，以及政府当局为打击犯罪而采取的行动，共导致2500人死亡，其中2000人为平民，500人为警员。禁酒法令于1933年2月20日被废止。"

菲斯记录的是1922年的事，那时正好是禁酒令实施的时期。我想到了电视剧《清官》，你知道的，就是埃里奥·耐斯主演的那部。我明白，现实中自己的外曾祖母就是历史课本里活脱脱的人物，她穿着散发着火药味的衣服，还跑出来跟你打了个招呼，这和你在电视上看一部黑白片的老电影根本不是一回事。

我真想从床上跳下来跑去让菲斯亲口告诉我发生的一切，但是如果那样的话，谁知道她会有什么反应？她会用手里的拐杖把我痛打一顿然后拿走她的日记本吗？

唉,我永远都不愿意知道如果真的冒险去找她的话,接下来会发生什么。

1922年3月3日

爱米丽知道了一切。可能,她还不知道"小耶稣"和他的两个同伙被亨利杀掉了。是的,我现在称呼乐古先生为亨利,是他坚持让我一定这么叫他的。爱米丽听见了父亲和母亲谈论蒸馏酒厂的事。

在学校,我和爱米丽终于学会了怎么让别的小孩尊重我们。我用一根木棍打了一个男孩——狠狠地打在他的胳膊上——因为这个傻瓜上次用手拧我。他叫苏必斯。我要是也有个这样的名字,我宁愿把自己藏起来也不要天天出去惹事。这家伙的头发长得盖住了脸,他在班上就像个小丑。我猜他留级过两次或者三次。上帝……好吧,他长得倒挺漂亮，但是他的举止怎么就那么粗鲁呢？

1922年3月11日

苏必斯说我们一家人很神秘，布莱克百丽的人们都在谈论我们。"但是，"他朝我使了个眼色，接着说，"偏僻的地方警察办事总是拖拖拉拉的，没什么效率。"

我听了他的话有点儿吃惊，回到家里，却不敢把苏必斯说的话告诉父母。他们还不知道我和爱米丽已经知道了所有的事情。

1922年4月2日

我愿意让苏必斯·布朗靠近我一些了，这么做是为了让他告诉我镇上的人都在谈论我们什么。可是……不行……我亲爱的日记，我不能对你撒谎，他亲吻了我，我没有躲开，因为我喜欢苏必斯。除此之外，也是因为他把一切都告诉了我。这么想，我就能找到一个理由可以既让自己高兴又让这件事情变得对我有用。苏必斯十五岁，他父母是农场主。如果有人在我还生活在芝加哥的时候告诉我，第一个亲我的男孩是一个农民的儿子……但是我不得不承认，他的确比芝加哥的男孩更帅，也更

有意思。

1922年4月7日
苏必斯,苏必斯,苏必斯,苏必斯。

1922年4月15日
爱米丽的话让我很吃惊。她说我就这么被别人亲了是一件很恶心的事情,而我说她这是在嫉妒我。我们谁也不理谁。我想母亲准备帮父亲和亨利在蒸馏酒厂做事,我昨天听到他们在谈这件事情。父亲不同意,但是母亲看起来已经下定了决心。这真是很奇怪,我恐怕又要开始担心警察或者其他流氓恶棍找上门来了。

可能现在我满脑子装的都是苏必斯,我亲爱的苏必斯。

1922年4月23日
这个混蛋!这个流氓苏必斯!他被我抓到在吻那个白痴萨拉·温斯基的脖子!我手里拿着一把长柄叉在布莱克百丽的街上追赶苏必斯,他跑得太快,我没能追上。没关系,反正他明天还要来学校。至于萨拉,她的眼眶已经被我打青了,她不停地哭,两只眼睛像极了两块黑黄油,活脱脱一只脂山鼠!

1922年4月24日

我们和好了。苏必斯在我面前跪下并且保证以后再也不会发生那样的事了。尽管如此,我还是得提防他。男孩都很狡猾,而且我很想知道他究竟是不是因为害怕我才向我这样发誓的。

第十五章

米奇越来越对菲斯感兴趣

我和菲斯几乎得在同一时间出院,因此我很担心老太太比我早出院回家,然后发现她的第一本日记不见了。

距离我们出院还有三天的时间,我决定去她的病房

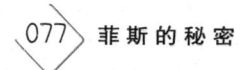

里看看她。

见我进来,她把手里的侦探小说放在被子上,问了一个很突然的问题:"你也喜欢读书吗?"

我感觉自己的肠胃里有东西在翻腾。她这么问我是不是在暗示我她已经知道日记本的事了?但我很快就否定了这个想法。菲斯这个人,即使你很难知道她冷淡的话语后面藏的是什么,但她绝对是那种有一说一、不会拐弯抹角的人。

"没错,我很喜欢历史方面的东西,你知道的,20世纪的历史,我都挺喜欢……"

说这些谎话让我感到脸红,但同时我又很想笑。而一看到菲斯用她那标志性的X透视光眼神盯着我的时候,开口大笑的念头立即消失得无影无踪。

"菲斯……"

"嗯?"

"我们一家还是很善良很友好的,对吗?我想说,嗯,我们还是很热情地接待了你,不是吗?"

"嗯……是啊,是啊!你为什么这样问我?"

"而我,我也是讨人喜欢的,是吗?"

"是啊,但是……"

"好极了!那么,我有一个请求。这个请求算是一种交换吧,你同意吗?"

她没有回答,只是看着我,而我也不得不咽一下口水来继续我的话:

"留下来跟我们住在一起吧。就这一次,不要再固执于你做的决定。改变主意吧。"

"'就这一次',这是什么意思?我的孩子,你跟我说话的语气好像你已经了解很多关于我的事了。"

我认为此刻自己应该放聪明一点儿,不要说话比较好,因为她的目光现在更加犀利了。我感觉到自己的两条腿直发抖。

"我能知道为什么吗?"她低声说道,像是在自言自语。

"因为你是一个又疯又令人讨厌的老太婆,你到我家来破坏了以前我在家里感受到的温暖气氛。这就是为什么。现在,你想干什么就干什么吧!我不在乎!"我高声喊着,满嘴咒骂、情绪激动地从菲斯的房间里走出来。

在这以后的两天时间里,菲斯没有再来我的房间看我,而我也没去她的病房看她,只是重新开始阅读日记。

1922年5月5日

"小耶稣"和他的两个同伙死了之后,我的父母变了很多。即使那死去的三个人都是魔鬼,罪有应得,但这终究是一起谋杀。父亲手上没有沾血——不是他开枪杀人——但是我能明显看出来,他觉得自己跟亨利一样负有责任。至于母亲,她比以前显得更加严肃了。我知道她很担心我和爱米丽,我也知道如果自己去安慰她只会让事情变得更糟。毫无疑问,她更希望我们对发生的事一无所知。

父亲要去买一辆新汽车,我想他和亨利还有母亲一定卖了不少烈酒,而且售价很高。只有这样想我才能为家里突然多了那么多钱找到合适的理由。他们雇了两个人在他们经营的木锯厂干活儿,事实上大多数时候,这两个人单独负责木锯厂的生意,而他们似乎也不想过问其他的事情。但即使是一个不算机灵的人,要发现这里面的秘密也不是什么难事。哪怕是我,一个只有十二岁的小孩儿,心里都明白,这个家之所以到目前为止还平安无事,那是因为——就像苏必斯说的——这个小地方的警察办事效率低下。而当人们在布莱克百丽的大街上看到那么多酒鬼的时候,我想所有人对现状并无怨言。

但是我每天都问自己：我的父亲，这个曾经是芝加哥一家大公司老板的得力助手的人，怎么会变成现在这样？这个世界真是太难以捉摸了。

1922年5月19日

雪已经全部都融化了。

到处都看不见哪怕是一丁点儿的雪。森林现在也完全苏醒了。我开始喜欢包围在我们四周的大自然，那么喜欢它，甚至为了能居住在这里，有时我会甘心情愿地接受要为之付出的代价：恐惧，永远的恐惧。

我放下日记，开始思索。菲斯自从得到这个日记本之后就发生了巨大的变化。第一年，她在日记里写的都是小女孩任性的想法，一些鸡毛蒜皮的小事："没有仆人的可怕生活"、和爱米丽的争吵……接着，随着生活继续，我的外曾祖母在逐渐改变。还在跟我一样年龄的时候，她说起话来已经像一个成年人了。在日记里记录的这个阶段，她的人生不过刚刚开始。那么，接下来又会发生什么呢？

第十六章

夜晚偷看菲斯的日记

"听我说,孩子。我不理解你心里是怎么想的。但如果你还是这么坚持的话,那么我就留下来跟你们再住一段时间。还有一件事情:我是老了,是惹人讨厌,是经常吵吵闹闹,但我不是个疯子。我说得对吗?"

"对……你说得对。"

"那么现在,既然离你父母来接我们还有几个小时,我们去玩会儿国际象棋吧。"

"嗯,问题是我玩儿得不好,而且……"

"你是想让我留下来,对吗?我用白棋子。来吧,摆好你的棋子。"

刚一回到家,我就立即冲到楼上的卧室里,而菲斯还在客厅的沙发上休息。我把藏在夹克衫里的日记本掏出来,重新放回菲斯的箱子里。这时我对自己说,轻而易举偷看日记的时光到此结束。从今天起,脚踝的伤没有痊愈的菲斯只能天天待在家里,这意味着,我想要靠近日记本将不是件容易的事了。

菲斯这时走进房间,说了一句话,这句话仿佛是为了印证我刚才的想法是完全正确的。她倒在床上,做了个无奈的表情,说:"倒霉。从今天起好长一段时间,我都不能出门散步了。"

尽管如此,脚踝的伤还是没能改变菲斯每天早起的习惯,而且每个清晨她都像幽灵一样拖着脚在套房里走来走去。难道是我对菲斯已经习惯了？我总觉得她没有以前那么吵了。她只是每天早上从厨房慢慢挪到客厅再挪回来，就这样来来回回地走。我确信她一定是在回忆自己的过去。她的父母、亨利·乐古以及爱米丽，他们后来怎么样了？她在什么情况下、什么时候生了我的外公，也就是我妈妈的爸爸？我读过她1954年的几篇日记，但菲斯在日记里并没有提到孩子的事情。而1954年，菲斯已经四十四岁了……蒸馏酒厂后来怎么样了？之后是不是又发生了不幸，老太太年幼时期一起生活的亲人是不是也有死于非命的？

和菲斯从医院回来的第二个晚上，我做了一个十分疯狂的决定：我要在夜里重新拿回日记本，然后躲在被窝里阅读它们。菲斯睡着之后像个木桩，一动不动，我不会把她吵醒的。我一定要知道她后来经历了什么。

就这样，在以后的几个礼拜里，我每天夜里都去我外曾祖母的床下偷偷地取来日记，然后回到自己的床上，打着手电筒在被窝里贪婪地阅读。

在日记里，我读到了我的"外曾曾祖父母"经营的那家非法的蒸馏酒厂生意越来越好，读到了菲斯和苏必斯两人的关系总是时好时坏,读到了森林里四季的循环往复。我越来越喜欢菲斯,尽管我俩每天都见面,她却对此没有丝毫的感觉。我们之间的关系说不清,也很奇特,因为在生活中我们很少交流,但是每次翻看她的日记,我都觉得自己和她靠得很近……

1924年1月23日

今天,大家为我过了14岁的生日。我跟亨利说过我不要生日礼物,但我越拒绝,他就越想尽他所能的送我一份大礼。他为此绞尽脑汁,甚至焦急不安,我都看出来了。吃完午饭,我们俩去森林里散步,我和他都穿着带"球拍底"的雪地鞋,因为眼下路上的积雪很厚,这样的鞋子可以防滑。我问亨利为什么我们要到这里来,并且,我又一次提了那个问题:他是怎么认识我父亲的。

"是在芝加哥的一个酒吧里。"他说。

"那么你跟他说了什么,让他决定把全家都带到森林里,过着跟森林里的野兽一样的生活?"

听到我的问题,他的表情显得很为难。亨利用力绞着他的胡须,我看见他甚至扯下了几根。他嘟嘟囔囔地说,关于这个他什么都不能告诉我,如果我想知道更多

的事,应该去问我的父母。

我发起火来,没有经过任何的思索我就冲着他大叫起来,我说我知道他是一个杀人犯,他杀了吉姆·克里布和另外两个人;我知道他和父亲还有母亲开了一家非法的蒸馏酒厂。听完我的话,亨利惊呆了,他向后退了几步,脚上的雪地鞋卡在一个树根上,一个踉跄摔倒在刚下过的厚厚的雪上。他赶紧爬起来,用手撑掉一根粗树干上的积雪,坐下来,掏出烟斗,慢慢地装上烟丝,他说:"我以前就想过,你可能知道蒸馏酒厂的事,"他抽了一

口烟,"但是我没有料到,你知道……你看见尸体了?"而此时,我已经开始后悔刚才跟他吼的那些话了。他没有再说话,我也一样。回到家,他坚持要送我一份已经买好的礼物:是一个布娃娃。我已经过了那个玩布娃娃的年纪了,但是,我想现在已经没有必要向亨利再做说明,因为我们刚才在森林里的谈话已经让他明白了这一点。

第十七章

菲斯不平静的生活

有天夜里,我偷看日记差一点儿被菲斯抓到。当时我正躲在被子里坐在床上,手里拿着菲斯的日记本,我的脑袋把被子拱得高高的,像个马戏团帐篷。突然我听见菲斯的声音:

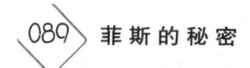

"孩子,你在干吗?现在已经夜里两点啦!"

死定了!我从被子里探出脑袋。

"嗯……菲斯,我在看书,我睡不着。"

"你没必要躲在被子里呀。开着灯对我也没什么干扰。"

"哦,嗯,好、好的、好的……"

"那么你在读什么书?那么有趣?"

菲斯的箱子!箱子开着,从她的床底下露出来。我深吸一口气让自己镇定一下。

"一本……一本连环画。"

"哈,又是这些专门给懒人看的东西。晚安。"

她翻了个身又睡了,背对着我。我关掉手电筒,仔细听她的呼吸声。过了好几分钟之后,听到她的呼吸逐渐变得规律起来,我才摸索着下了床,把日记本重新放回她的箱子里。

我蹑手蹑脚地回到自己的床上,盖上被子,心里盘算着:这种夜间活动也不是完全没有风险,得想个其他的办法。

1924年4月19日

LES SECRETS DE FAITH GREEN

我们要搬家了。父母正在请人盖一座更大的房子，在森林的更深处，但是比我们现在的房子要漂亮得多。工人明天就要开始在亨利的指挥下动工了。爱米丽和我将每人有一个单独的房间，哇！因为我们的新"宫殿"有三层，所以整个三楼都给了亨利。父亲给我看了房屋的草图，整个工程将在十月份，在第一场冬雪来临之前完工。

两天前，有三个长相丑陋、鬼鬼祟祟的人来我家找亨利。亨利怒斥了他们一通，告诉他们不准到这里来。我吓坏了，因为我以为又要发生"小耶稣"那样的事情。而事实上这些人只是父亲和亨利生意上的合伙人。一看他们的长相，你就知道这些都不是什么规规矩矩的商人。我很不习惯看见父亲和亨利跟这样的人打交道。那三个人走了之后，母亲大发雷霆。她把亨利拉到洗衣间里，我听见她冲着亨利高声喊叫着什么。母亲是为她的两个女儿担心。对我和妹妹来说，假装一无所知变得越来越难。不管怎样，我知道亨利没有把我过生日那天跟他说的话告诉我父母。

1924年5月1日

国际大奖小说

　　苏必斯去格里福工作了，因为他父亲受够了他在学校里一无所成。苏必斯只会在假期的时候才回来，为此我大哭了一场，但是他似乎很高兴能去大城市生活。唉，这就是男人！爱米丽却说苏必斯离开我是件好事，因为我都被他带坏了。我扇了她一个耳光，然后我俩就在学校的走廊里扭打起来。打完了，我和爱米丽一起去简苏太太的茶馆里喝了杯巧克力，简苏太太一直在用古怪的眼神打量我们，因为我和爱米丽的裙子都被撕破了，身上还沾满了泥土。这个坏蛋苏必斯，现在他一定在想着格里福的那些漂亮女孩，得意地摩拳擦掌，蠢蠢欲动。

1924年6月3日

　　亨利回到家，他的胳膊受伤了，上面有一个洞。他什么都不愿意说，但我确定那是枪伤。父亲去布莱克百丽找了个医生，我亲眼看见他给了那个医生好多钱。可能是为了不让他把这件事情说出去。难道以前发生的事又要重新上演了？虽然我竖直了耳朵偷听大人们的谈话，但我还是没听见亨利和我父母到底最后做了什么决定。爱米丽刚才醒了，她问我在干什么——她明明知道我在写日记。

我让她继续睡觉："晚安,爱米丽。"瞧,现在她正在假装打呼噜。我知道她心里跟我一样不安。好在她没有对"小耶稣"的事起过疑心。说到这儿,我还完全不知道那家蒸馏酒厂在哪里。我想我最终会下定决心去那里看看。了解得越多,害怕得越少。一句话,我就是这么想的:是无知让我们如此胆小害怕。

第十八章

菲斯发现了蒸馏酒厂

1924年6月4日

机会来了：父亲和亨利今天一大早就出门了，我听见楼下有动静。那时候距离我和爱米丽平时起床的时间还有整整两个小时，我想可以在这两个小时里跟踪他们,然后在母亲上楼叫我们起床之前回到家里。我还是沿着窗户下面那条老檐槽滑下去。当父亲和亨利出门前跟母亲道别的时候,我听见她对父亲说:"不要忘了你还有两个孩子,她们需要你。"父亲说了句什么,亨利低声安慰母亲:"别担心,简。这是最后一次了。以后再不会为这样的事害怕了。"

母亲没有说话。

我担心他们开着新福特车上路,那样的话,我是不可能跟上他们的。我很走运,他们是步行。太阳升起来了,阳光透过树枝照在森林里。一只野兔像个煤球一样从父亲和亨利的面前跑过,尽管他俩一人一支步枪,但是没人开枪去打那只野兔。我想,一来他们肯定没有心情打野味,二来他们的武器是用来瞄准另一个猎物的……

即使在这个偏僻的地方找个遍,也没有人能找到这家蒸馏酒厂。也许是因为亨利·乐古比任何人都熟悉这个地方,或者,也可能是他无意中发现了这个岩洞。我无从得知。岩洞在一个悬崖的中间,它的入口处跟我家的房门差不多大,从我家走到这里要半个小时。岩洞隐藏在一片荆棘的后面。

看到这个地方,我马上想到:如果下雪的话,父亲和亨利怎么才能让他们一路走来,而不会在地上留下脚印?我相信他们一定有办法。看到他们拨开那片荆棘,走进洞穴里,我没有跟着他们进去。十分钟后他们从岩洞里走了出来,父亲手里拿着两支步枪,亨利抱着两只很沉的箱子。"我去开卡车。"父亲说。

他进入森林,我一直紧紧地跟着他。在距离岩洞几百米的地方——可能是为了隐藏洞穴的入口不让人知道——停着一辆森迪奈尔牌蒸汽卡车。父亲跳上车打开引擎。悬崖上的道路很窄,卡车勉强可以在上面行驶。父亲和亨利把两只箱子搬上卡车,用篷布盖住,然后再用荆棘把岩洞的入口掩盖好,他们就开车上路了。

卡车刚开出五十来米就停下了。我看见亨利走下车,在岩洞和卡车之间来来回回。一开始我以为他忘记带什么东西了,后来我才恍然大悟,他是在把岩洞口的痕迹都清理干净。一切都完成之后,他们才重新开车上路。

我拨开荆棘,走进洞穴。里面一片漆黑,什么也看不见。我想我需要让眼睛适应一下这里的光线才可以看清楚,所以我等了一会儿。但还是不行,洞里面太黑了。我在黑暗中摸索了一阵子,终于摸到了一盏煤油灯。我又找了一下,发现在旁边的凳子上还有一盒瑞典火柴。

洞穴里面的空间比我原先想象的大得多。点上灯后我看见的第一件东西让我很吃惊。墙上涂抹了好多图画:涂成赭红色的手掌,野牛,一只鹿头。然后,我看到了蒸馏酒用的器具。那是一个蒸汽锅炉,锅炉的烟囱矗立到岩洞的顶部,还有一些奇形怪状的玻璃器皿、金属的蛇形管,一个有指针的表盘,看来是用来测量气压值的:

这一整套装置跟我们在学校化学课上学到的那些化学仪器有点儿像,要把这一套设备安装好想必是一项艰巨的工作。有一些体积比较大的机器没法从岩洞口直接搬进来,它们可能是被拆成零件挪进来再就地组装起来的。在岩洞的一个角落里,还有一大堆土豆。我想它们可能是生产烈酒的原料吧。我还看见大包大包的糖和成堆的、用大袋子装的发酵粉。

在岩洞的右边,靠着墙放了一百多只箱子,它们和我刚才看见的亨利手里抱的那两只箱子一模一样。每一只箱子上都烙上了几个字:糖果。父亲和亨利还在这里幽默了一把。

LES SECRETS DE F*****A GREEN

第十九章

菲斯与家人的关系日益融洽

如果我的父母曾经是坏蛋的话会怎样?一般没人会问自己这种问题。但是菲斯的日记让我不由自主地去想这个问题。在你十二岁的时候,如果你知道你的爸爸是干非法勾当的,而你的妈妈知道这件事并且是你爸爸的同伙,这对你来说一定是一件很难接受的事。而更难面对的还有,你亲眼目睹了一起凶杀,还要每天提心吊胆地生活在对下一次灾难的恐惧中。可能菲斯是在给自己打气,充好汉,但是一个跟我现在一样年龄的小女孩要面对那么多的事情,她的性格一定比一般人都坚强得多。因为,说句实话,我得承认,如果处在跟她一样的境地,我会被这一切活活吓死的。

　　眼下我又可以轻而易举地看日记了,因为外曾祖母不听任何人的劝告,坚持要拄着她的英式拐杖开始每天早上出门散步。就在一个月前,爸爸和我还祈求上帝再让街道结一次薄冰,菲斯出门散步的时候再重重地摔上一跤,这样就可以把我们从长期的苦难中解救出来。而妈妈可能因为顾虑到家族亲情,不愿意像爸爸和我那样想。然而,即使是从来没有读过菲斯日记的爸爸妈妈,他们也感觉到菲斯跟以前不一样了。她不再用那么辛辣刻薄的话挖苦别人,吃饭的时候,她也不再用冰冷刺骨的眼神扫视餐桌上的每一个人。有一天,她甚至带了一束花回家来,却硬说是因为自己待在这座阴森的城市里,十分想念大自然,才去买这束花的,而我和爸爸妈妈都猜她买这束花是为了送给我们做礼物的。

1924年6月7日

因为我困极了,一点儿力气都没有,所以没能告诉你6月4日那天,我跟踪父亲和亨利的结果怎样。现在就让我来告诉你吧。我从岩洞里出来,用荆棘重新把洞口掩盖好。忽然,我想到了时间,母亲叫我们起床的时间。该死!我忘记戴我的手表了——它是父母送给我的十四岁生日礼物——它还在我床头边的抽屉里躺着呢!我开始狂奔起来,跑了一会儿发现弄错了方向,只得折回来,我就像一只陀螺转到这里又转到那里,最后才找到回去的路。当跑到我家房子前面的时候,我看见二楼的灯已经亮了。糟了!母亲已经上楼去叫我们起床了。我的第一个念头是赶快藏到一棵大树后面,可是马上就觉得这样做太愚蠢了,我必须得回去,现在或者过一会儿。就在这时,我脑子里突然冒出一个绝妙的主意:我把四周所有的枯树枝都收集起来,然后假装气喘吁吁地来到家门前。

就在这时母亲开了门。她看起来那么焦虑,我的心不禁紧了一下。"你去哪里了?"她冲着我叫道,"我找你找了一刻钟了!"真是走运啊,几天前,我听到父亲说家里快没有木柴了。于是,我向母亲解释说我今天比以往

醒得早，所以我就起床去捡一些柴火给家里烧火用，这样可以节省家里储存的木柴。

我不知道她是否相信了我说的话，不过我想，她最关心的是我是否安然无恙。那天她坚持要陪我和爱米丽一起去学校。巴巴布，这匹老马总是没什么力气，不过它还是拉着我们去了布莱克百丽。

就在走进教室之前，爱米丽低声跟我说："去捡木柴？嗯？你把母亲当傻瓜吗？要是在我这儿，你这招肯定不灵。"

"那个老太婆,她还真让我吃惊,"伊玛尔说,"我记得,有一次我爸爸的脚踝也摔断了,后来他只能在电视机前拖着脚晃来晃去,就那么待了好几个礼拜。"

"在家里待着只能这样。还有,瞧瞧我的肩膀!"我朝空中甩了一下自己的胳膊,想炫耀一下自己的伤已经痊愈了,但是这一甩带来的剧烈疼痛让我忍不住叫了出来。我的伙伴们像鬣狗一样龇牙冷笑着看着我。

"真是太让人吃惊啦!"马库斯说。

我感到自尊心被严重伤害,于是提议换个话题。

"好,正好,换个话题。"伊玛尔叹了口气。

"嗯,正好。"多诺万也跟着附和。

"你们怎么了,伙计们?是我刚从医院里出来,怎么你们看上去倒像遭了霜打一样?你们说这个是什么意思?'正好'?"

"我们不知道怎么跟你说。嗯……罗杰·卡帕斯偷走了我们的旱冰鞋。"

"什么?!"

"嗯。因为我的旱冰鞋坏掉了,所以我把它们拿到'旱冰客天堂'去修理一下。后来我想,我可以把所有的旱冰鞋都拿过去,让他们调整或者换一下鞋上的制动胶带……昨天,我去取旱冰鞋,遇到罗杰正好从商店里出来。然后,然后……他把我们四个人的旱冰鞋都抢走了。"

"四双……但是,你们送我的'趣路'溜冰鞋不是应该还在我家吗?"

"那是因为,我原本想给你一个惊喜,所以把'趣路'也拿去'旱冰客天堂'了,我想再给它加点修饰什么的,所以……"

"所以,好极了!这真是全年度最棒的消息!"

第二十章

没要回溜冰鞋

真是一群头脑迟钝的家伙。我的伙伴怎么都那么愚蠢！而且他们还这么胆小如鼠。因为，如果说多诺万被罗杰抢走旱冰鞋的时候是一个人的话，那么后来，他和马库斯、伊玛尔都很清楚在哪里可以找到罗杰这个坏蛋，他们可以再去把旱冰鞋给夺回来啊。

罗杰·卡帕斯这个坏东西就住在我们这个街区,离我家两步路远。没错,他和我一样,也是个意大利人。他真是我们意大利移民的耻辱:罗杰是意大利黑手党成员,他是个恶棍,除此之外,还是个彻头彻尾的呆瓜。

十五岁的时候,他的个头儿就比一个成年人高出许多。如果把他的一只手掌砍下来烤一烤的话,可以让一个大家庭吃上一个月。还有他的脸……他的那张大脸,和愚弄型游戏用具商店里陈列的橡胶怪物面具一模一样。

我可以理解多诺万当时肯定被吓坏了。但是,该死!伊玛尔、马库斯和多诺万,他们有三个人!我肩膀上的伤是一个问题,如果那个混蛋冲着我的锁骨来一巴掌,我就可以再回医院住着去了。尽管如此,我还是下定决心要拿回我们的宝贝。我必须采取行动。因为从来没有事先为打架的事情做过准备,所以我花了一个上午的时间在房间里找杰西的棒球棍(这球棍的顶端是用铝做的),最后终于在摆放扫帚的橱柜里把它找到了。

我的三个同伴向我提了一个听起来很合理的建议,他们说我们应该在行动之前告诉我们的父母或者警察,这很容易而且也是明智之举。但是我回答他们说,我们这个街区的规则有点儿特殊。我并没有向他们仔细说明,只是告诉他们,在这个地盘上,我们得自己处理自己的事,否则的话,就会很没面子。我心里清楚,我们四个小孩儿去找罗杰单挑是愚蠢、危险的,还是违法的,但是我们必须这么做。

我们四个人到肉店的时候,有人告诉我们罗杰·卡帕斯还没来,他们让我们在店外面等他。那支棒球棍被我藏在自己的一条裤管里,我的腿因此只能伸直不能打弯。所以当我的三个同伴在人行道上坐下来等罗杰的时候,我却不能坐,只能耐着性子站在旁边。

在这种情况下等待的滋味可不好受。随着时间一点儿一点儿地过去,我们四个人都越来越不安。终于,一辆冷藏卡车停在肉店门前,司机从卡车上跳下来,他的伙计从驾驶室的另一边也跟着下了车,这个人正是罗杰。他没有看到我们——因为我们也没打算刚一开始就引起他的注意——就径直去卡车上卸货了。他从车上搬起一副半只的牛骨架扛在肩膀上,然后走进肉店。他的动作如此轻松,就好像这副牛骨架是用充气橡胶做的一样。

国际大奖小说

我听见多诺万的牙齿哆嗦得咯咯响,我对他说:"你给我有点儿骨气,该死!"我希望他没看见我那微微发抖的两条腿,它们已经僵硬得跟冷冻布丁一样了。

我们看见那个"人形怪物"从肉店里走了出来,两只手在身上那件已经血迹斑斑的白色制服上擦拭着,接着他看见了我们。于是他一边不紧不慢地朝我们走过来,一边咧着嘴巴笑,他那张像排水管一样的脸皮被咧开的嘴角扯得变了形。我想我和同伴都被他的大步子吓了一跳,他走起路来跟《杰克和魔豆》里面那个巨人一模一样。

"出什么事了吗?胆小鬼?"

"我们要和你谈谈。到小巷子里来。"

"啊哈,哈,哈!"

我一点儿都没夸张,他就是用这种恐怖的噪音表示他的不屑和嘲讽。

"啊哈,那我们快去吧,我还有活儿要干。"

马库斯、多诺万和伊玛尔向我投来恐惧的眼神。在小巷子里打架,他们不觉得这是个好主意。但是我不能就这样在马路边上当着路人的面把我的棒球棍给掏出来。而且我有预感,今天这个棒球棍会派上用场的。

等大家都镇定下来,我恶狠狠地提高嗓门儿,想吓住罗杰:"把旱冰鞋还给我们,你这个强盗!"

他开始大笑起来,笑得那么剧烈以至于我差点儿对他说,你再这么笑下去会肚子疼的。趁他笑得弯下腰去的时候,我用了很大力气把棒球棍从裤腿里拔出来。我的三个同伴早已经吓得面色苍白。

"最后一次问你,你这个又肥又疯癫的家伙,你到底还不还我们的旱冰鞋?"他的手像旋风一样在我的面前一晃,我的棒球棍就被他夺走了。接着,他又用同样迅速的动作把手里的棍子照着我的脑袋抡了过来。

第二十一章

菲斯离开米奇回到家乡

"你真的不想告诉我发生了什么事情吗?"

"我已经跟你说过十遍了,我跟菲斯一样摔了一跤,跌破了脸!"我这么跟妈妈说,她却一个字都不相信,爸爸也是一样。而我的外曾祖母,她只是看着我,一句话也不说——这是她常有的反应。

就在这样的气氛里,晚餐总算吃完了。我走进浴室,看到镜子里自己的半张脸都是青紫的。罗杰没有让我看起来更糟糕,当然,溜冰鞋还在他手里。

"谁干的?"菲斯站在门洞里,问我。她看起来很生气。我不想这样和她面对面站着,而且还要对她说谎。

"我不能说,菲斯。"

"啊,你不能说?"

她耸了一下肩,转过身走了。

我一瘸一拐地去准备书包上学。

两天之后,我们正在吃早饭,多诺万顶着一脑袋乱糟糟的头发跑到我家来,他的两只眼睛因为某种太让他惊奇的事情而瞪得又大又圆,像要从眼眶里掉出来一样。我注意到菲斯见到多诺万的时候做了一个讽刺的表情,仿佛她知道他为什么在这个时候如此慌乱地跑到我家里来。

爸爸妈妈对这副模样的多诺万感到有点儿惊讶。多诺万跟他们问了声好就把我拉进了我的房间。

"你的曾祖母,她肯定脑袋有问题,这太不可思议啦!

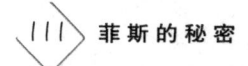

难道她得了老年痴呆症？或者，小的时候她的摇篮离墙太近，每次摇篮一晃，她的脑袋就会撞到墙上，留下了后遗症？"

"嗯，冷静点儿。发生了什么事？"

多诺万告诉了我。

菲斯前一天大清早来找他。因为自从搬到我家来，她经常看见我跟同伴们一起出去玩，所以我想，要找到多诺万家对菲斯来说也不是一件难事。"她只要大约三十秒，就知道究竟发生了什么事……你知道她的眼神有多厉害。"多诺万说这话是给自己找个借口，我们本来说好不让大人们知道这件事的，他却把这个秘密告诉了菲斯。菲斯收买了我的伙伴，后来，她还要求多诺万带路去罗杰的肉店。与熟悉她的人相比，陌生人眼中的菲斯肯定更加可怕，所以多诺万尽管害怕与肉店里卖猪排的那个长得像"科学怪人"的罗杰面对面，也不敢违抗菲斯的命令，所以他只好领着菲斯去找罗杰。而当罗杰见到老太太菲斯的时候，他以为多诺万在跟他开玩笑，差点儿要教训多诺万一顿让他清醒一下。

但是菲斯可不管那么多，她掏出她那把巨大的左轮手枪，用枪口抵住大块头罗杰的鼻孔，这个家伙立即乖乖地一声不响。当时肉店里的顾客都被菲斯的举动吓坏了,他们乱作一团,发出惊恐的叫声。

多诺万向我保证,他说当时菲斯用十分平静的语气警告罗杰,她给他两天的时间,把所有的旱冰鞋还给我们,如果两天之内他没有做到,她会用这把手枪把他干掉。做完这一切,菲斯和多诺万离开了肉店,她的动作如此之快以至于直到他们走出肉店,在场的人们都没明白过来发生了什么事,而警察也没来得及赶到。当天晚上,"旱冰客天堂"一个认识多诺万的售货员打电话给他,说有个人把四双旱冰鞋送到了商店,还说这个人看起来精神不振。

"小家伙,这次我真的要走了。"菲斯对我说。

我走进房间本想告诉她,我们的社区不是美国西部,可以随便掏出枪来要挟别人,如果她继续用她的左轮手枪到处指着别人的鼻子,我们全家都得跟着进监狱。但是在我开口之前,她的这句话让我一时不知所措。

"好吧,又开始了,你又要编造离开的理由了?"

"米奇,我在这里住着觉得很不舒服。"

一贯脾气暴躁的菲斯平静地向我吐露了她的真心

话,我被她彻底打败了。平常的菲斯,就像一条嘴巴里会喷火的飞龙,一说话总让人觉得充满了火药味,这次她却用这么平静的语气对我说她要离开的理由,我想她一定是把自己的情绪降到了零点。听了她的话,我脑子里盘算着应该怎么回答她。

"嗯……嗯……不管怎样,你在蒙大拿也一样不舒服!"

"你是怎么知道的?"

"我就是知道,没有为什么!"

"如果你像我一样在森林里生活了八十年的话,你就会明白,大自然对人来说,是最能抚慰我们的忧伤,让我们过得舒服的。而当我们走在一片原始大森林里,是不会觉得有任何不舒服的。在这个城市,人们在夜晚看不到天空。而在布莱克百丽,我们可以登上小山丘,坐在突出于斯万湖之上的岩石上,仰望布满星星的夜空。"

斯万湖,如果我没记错的话,菲斯的父亲和亨利·乐古就是在那里杀死了"小耶稣"和他的同伙。

"既然这样,那你为什么还要来我家,菲斯?"

"我不知道。我……我可能是因为怕死去的时候身边没有一个人。但是你也看到了,我现在还结实得很,死神

不会那么快把我带走……"

　　说完,她就转身整理她的东西,我隐约听到她轻轻地叹了一口气:"唉……"

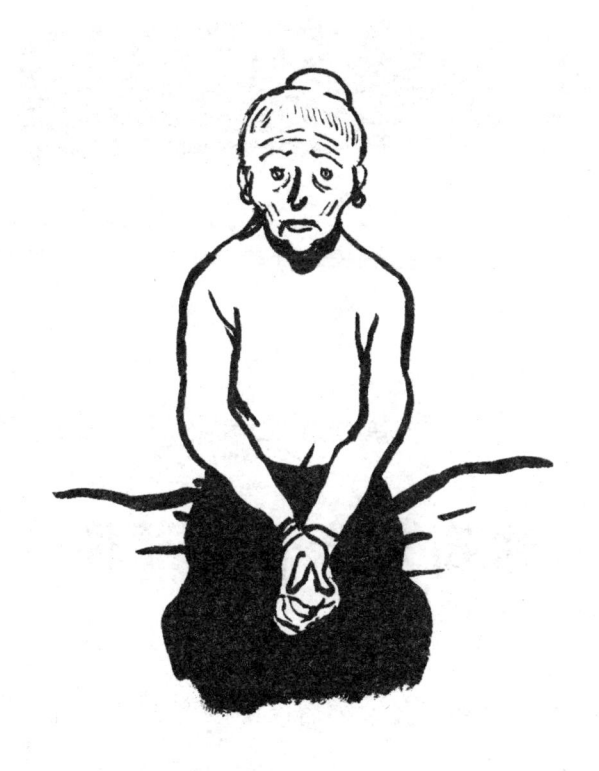

第二十二章

米奇想去看望菲斯

尽管菲斯来到我家之后已经改变了许多,但是当我的父母得知她要走的消息时,还是难掩兴奋。

"我们的套房对她来说太小了。"爸爸这么说只是为了给他脸上的微笑找个借口。

"她回到自己家里会觉得自在一些的,毕竟那里的一切才是她所熟悉的。住在熟悉的环境里,这对上了年纪的人来说很重要。"毫无疑问,妈妈和爸爸在这件事上观点一致。

而我,我什么都没说,只是对那辆接走我的外曾祖母的"灰狗"长途客车感到有些满意,它能让菲斯重新回归她的森林,回归她孤独的生活。

她走了之后一直都没给我们电话,三天后,我打给她,问她旅途如何。

"一切顺利,小家伙,一切顺利。"

我不知道还应该说点儿什么,所以只能用"再见"来结束我们的对话,然后挂上电话。

仅仅一个礼拜之后,我开始感到很不安。菲斯在我家住了三个月。我现在才发现,而且这个发现令我自己都感到惊讶:我很想念这个老太太,不是因为那些记录了她过去生活的日记,我只是想念我的外曾祖母。一天早上,我看到了罗杰·卡帕斯,他远远地看见我,就绕了一个大圈走开了,他不想和我迎面碰上。

这让我更加想念菲斯。我真想跑过去对罗杰这个家伙说:"这个老太太,她是一个了不起的人,不是吗?"不过为防他找我麻烦,我还是没有那样做。

一个月过去了,我意识到不能就这样让菲斯带着她那些珍贵的日记本独自生活在那个角落,生活在蒙大拿。如果她死了,这些日记本会不会被一个蠢蛋当作废纸给扔掉呢,或者被人制成一本讲述七十年历史的卡片书公之于众?

最重要的,最重要的是,我不想还没有来得及再见她一面,她就离开这个世界。我一直在帮社区的店主们做一些零碎活儿,而最近我接了比以前多几倍的活儿。多诺万、伊玛尔和马库斯也不来找我了,因为我没有时间跟他们出去滑旱冰了。十三岁生日,我让爸爸妈妈给我一些钱,而不要他们送我生日礼物了。他们对此感到有些惊奇,特别是我不愿意告诉他们我要用钱做什么的时候,他们更加吃惊。不过经过一番讨价还价,他们总算答应了我的请求。

到了六月份,我一共存了430美元。时机到了,我向爸爸妈妈宣布:

"今年暑假,我要去菲斯家。"

他们惊讶地盯着我,那眼神就像是在打量一个刚患

上无法治愈的脑膜炎的傻孩子。

"去菲斯家?"

"去菲斯家?"

"嗯,没错,去菲斯家。"

"我们没那么多钱送你去那里。"我妈妈显然很反对我的决定。

我掏出积攒的钞票和零钱放在厨房的桌子上。

"菲斯吗?我两周内到你家。"

自从四个月前我给她打了一次电话,之后我们再没有联系过。我说完这句话,电话那头是很长时间的沉默,接着我听到一声迟疑的咳嗽声。

"米奇?两周内?但是……"

"是的,是的,我知道。你肯定担心不知道几点来车站接我。我明天会再给你打电话,告诉你具体的安排……"在挂上电话之前,我突然冲动了一下——这种冲动毫无疑问是想让她不要拒绝我的请求——我说了一句话:

"亲吻您!"

我挂上电话,对我来说,剩下的就是等待了:这是一场赌博。要么,她给我打电话,让我滚得越远越好;要么,她仔细思考我的决定,然后愿意接受我走进她的生活。后来,我才发现她和我爸爸妈妈做事的方式一样。

那天晚上,菲斯没有打电话来。

爸爸走进我的房间,这样的事情是很少发生的。

他先打量了房间的每一个角落,似乎想在屋里摆放的装饰品中找到一个答案,一个可以解开他困惑的答案,一个可以让他明白为什么我坚持要去菲斯家的答案。

LES SECRETS DE FAITH GREEN

"你真的想去这个老婆娘的家里？还是，你只是想暂时离开布鲁克林去其他地方散散心？听着，我们一定能够想出一个办法，让你参加一个不太贵的暑期夏令营，去别的地方小住一段时间。对了，在普罗维登斯附近有一个地方……"

"爸爸，你不明白，我想见菲斯。她是我的外曾祖母，不是什么老婆娘。"

"答应我，一旦你在那里过得不舒心，就立即回来。"

"我答应你。但我在那里会过得不错的。"

第二十三章

来到蒙大拿

"灰狗"是美国最大的也是最出名的长途汽车牌子。在大街上,到处都可以见到宣传它优良性能的广告牌:通常,广告里的主角都是一些年轻的冲浪手,扮相超酷,头顶染了几绺头发,脸上挂着蠢蠢的笑容,他们肩搭着肩挤在"灰狗"长途汽车的门前,摆出各式各样的姿势。

看到这样的广告,你一定认为乘坐"灰狗"是一次很愉快的经历!

但事实却是,"灰狗"长途车上肮脏不堪。乘坐长途汽车旅行唯一的好处,唯一的,就是省钱。你的邻座,是一个醉醺醺、浑身散发着臭味、鼾声震天还流着口水的醉汉……你忍着,下定决心在下一站一定要换座位。但是,你很不走运:到了下一站,还是没有空座——路途遥远哪。你渐渐变得急躁起来,胸口越来越闷,你想吐。这时候只有坚强的毅力和残留的自尊心可以让你克制自己,不要吐在邻座那个散发着臭味的家伙身上。我需要向菲斯诉说我的这次长途旅行吗?不。

汽车最终到达了布莱克百丽。我想到当初菲斯经过同样的旅程到达布鲁克林的时候,她是从长途汽车上蹦下来的,而此时的我早已经精疲力竭。

让我惊讶的是,我的外曾祖母并不是一个人,还有一个老头儿陪着她。他个头儿很高,比菲斯还要干瘦。他满头白发,头发很长,披散在肩上。身上穿了一件米色的防尘外衣,这让他看起来像一个田里的稻草人。

"嘿,小子,旅途不错吧?"菲斯还没有开口说话,他先跟我打了个招呼。

他在我的后背上拍了一下,我听见他的胳膊关节"咯嘣、咯嘣"地响了两声。我不知道是不是得了风湿病的人都会发出这种声音。

稻草人开始滔滔不绝地说话,他说他坐着"灰狗"长

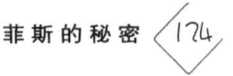

途车到了密西西比,在那个年代……

"闭嘴吧,苏必斯。"菲斯打断他。

他立即不说了,并且不安地朝菲斯看了一眼。

"如果让他继续说下去,明天我们都还走不出车站。"菲斯对我说。

稻草人拎起我的行李,我们走到一辆雪弗兰牌的小型平板卡车旁。苏必斯?在布莱克百丽这样的小城里,不会有另外一个叫苏必斯的人,因为这个小城实在实在很小。我感到自己有点儿晕头转向,尽管经过三天的长途旅行已经来到这里,我的脑子里却总觉得自己还在布鲁克林。我觉得现在身处的这个小村庄像是玩过家家的玩具村庄。老苏必斯一眼就看出我的心思来了。他咯咯地笑着:"嘿,城里人,这里对你来说太小了?在我们年轻的时候,我和菲斯,我们……总之,那时候布莱克百丽可比现在大。如今呢,城里的那些小蠢材,他们都去赫来纳,或者格里特福斯找活儿干去啦。当然,这里的生意也不好做啦。另外……"

"闭嘴,苏必斯。"

他呼了口气,然后发动汽车上路。

我本来可以说:"您也一样,苏必斯,您曾经也离开过这里去格里特福斯干活儿！"不过我要是真的说出这样的话，他们一定会目瞪口呆。

眼前的房子和菲斯日记里描述的不太一样。我在很小很小的时候曾经来过这儿，不过因为时间太久，已经记不清楚房子的样子了，可是在读了日记之后，我在脑海里逐渐勾勒出这栋房子的形象，而且这个形象比小时候的记忆要清晰得多。

不过我立即明白了，这是后来的那座新房子，是她父亲之前给她看过建筑草图的那座房子，没错，它有三层楼，不过仅此而已。我站在那里，似乎马上就能看见一个留着络腮胡、没有鼻子的结实高大的男人从门前的台阶上走下来。

"渴死了。"苏必斯咕哝着。

菲斯听他这么说，就用手碰碰他的胳膊。

"那么就喝一杯吧，老家伙。你知道上次医生跟你说过什么。"

长得像个稻草人的苏必斯把行李从车上搬下来，我的外曾祖母掏出一把黑色的看上去很厚重的铁钥匙插进房门的锁眼儿里。菲斯的家的确在森林的正中央——因为我们刚才坐着那辆小型平板卡车穿过了四五公里路程的茂密森林——在这么隐秘的地方,根本不会有人来,菲斯用这么厚重的门锁在我看来完全没有必要。

菲斯此刻似乎看穿了我的心思,她解释说:"两年前,有小偷进了我的房子偷走了我的东西,那时候我在布莱克百丽。"

"青春不再啦,真是一件可耻的事情!"苏必斯提高了嗓门儿说。

我又想起了蒸馏酒厂、发生在森林里的谋杀,不过我很快对自己说,现在这里的一切也许都平静了吧……

菲斯给苏必斯的水晶酒杯里倒了只有杯底那么一点点的波旁威士忌。稻草人苏必斯伸出胳膊——我好像听见他的关节又在咯嘣咯嘣地响——把酒杯举到嘴巴前,只一口就喝光了杯子里的酒。

"好啦,我走啦。"

他的脸颊因为威士忌的作用显得红润了一些。

"再见,苏必斯。我过几天再去看你。谢谢你开车去接这个小家伙。"

"再见,布朗先生,十分感谢您。"我一边说一边跟他握了握手。

话刚出口,我立即意识到并没有人告诉我苏必斯姓

国际大奖小说

什么,我是在读日记的时候知道了他姓布朗。我赶紧闭上嘴巴,可是为时已晚。

幸好,两位老人家看起来都没有注意到这个差错。

第二十四章

再次拿起菲斯的日记

菲斯没有汽车。那匹老马巴巴布很久很久以前就死了，没有其他的马儿来代替它，或者代替它的马儿也死掉了。菲斯现在也没养狗，而根据菲斯在50年代的日记判断，那时候她养的狗在她的生活中占据了很重要的位置。

不过,菲斯在我到达之后的第二天就告诉了我她不养宠物的原因。

她觉得自己太老了,她很害怕自己死了之后宠物狗被别人虐待。所以她宁愿独自一个人生活。因为没有任何的交通工具,所以菲斯不会再去布莱克百丽。她用电话购物,每个礼拜都有一家杂货店的小货车把她买的东西送过来。有时候菲斯会搭这辆小货车去看看苏必斯,他是菲斯生活中唯一一个保持联络的人。她住在我家的时候,就是苏必斯替她照看房子的。

老太太很显然有些不自在,她的家里突然多了一个人似乎让她觉得有些无所适从。刚开始的两天像过了漫长的一个世纪,因为她的局促不安也影响了我,使我最后开始怀疑自己这个决定是不是做错了,也许我压根儿就不该来。

这栋房子显然很大,即使现在住了两个人。菲斯让我自己挑选房间,我住进了三楼的一个房间,那里面有一张床,这张床也许是亨利·乐古睡过的床……

我安顿好的第三个晚上,终于可以重新开始阅读菲斯的日记了。日记本放在一间书房里的桥牌桌上,书房里铺着蓝色绒毯,绒毯有些陈旧,上面还落着一层浮尘。我胆子够大的——不过也是鬼使神差的——在看见日记本摆在书房里之后,我就举着一只手电筒去把那个深深吸引我的本子给拿了出来。

1924年8月11日

亨利买了一辆汽车。加上父亲上个月给母亲买的那辆,现在我们家一共有三辆汽车啦!真是奢侈!爱米丽和我每人都得到一件新的衬裙。我很开心,但是我心里却再清楚不过这些钱是从哪里来的。但不管怎样,从亨利受伤那次之后,我们再没有遇到其他突如其来的事情。

1924年8月17日

苏必斯回到布莱克百丽生活了一段时间。他只要一看见我,就立即转身离开。而我,宁愿一言不发。这个混蛋!

1924年8月29日

布莱克百丽搬来一个新人。

这个男孩长得帅极了,他的眼睛是蓝色的,头发像乌鸦的羽翼一样乌黑拳曲。他叫安德鲁，是格朗街上理发师的儿子。我要利用他去激怒苏必斯。我想这个主意不会引发什么糟糕的事情吧。

1924年9月3日

愚蠢的苏必斯！现在我想起他的样子来还觉得可笑极了。哦，不，我亲爱的日记，事实并非如此。这个安德鲁才是一个满脑子都是水的蠢家伙（我明白了，其实他那拳曲的头发是他父母做出来的！），而我却越来越想念苏必斯。无论如何，他今天看起来的确嫉妒得要死，那副模样真让我想笑。这是一个好兆头。爱米丽说我就像梅萨琳。我知道她是古罗马的一位公主，举止十分放荡。我的妹妹从哪儿学来这样骂人的话？

1924年9月12日

亨利要出差两个礼拜去处理一些生意上的事。出差！这大概又是一次不可告人的行动。然而，每当吃饭的时候——就像今天晚餐时——我看着我的父母，对自己说，我根本就是在做梦，他们绝对不可能是杀人犯，特别是我的母亲。

1924年9月20日

苏必斯想要我跟他去简苏太太的茶馆喝杯柠檬水。当然,我拒绝了他。但是如果他明天再来邀请我的话,我也许会考虑考虑。

1924年9月21日

爱米丽和我独自在家。母亲没有来布莱克百丽接我们,我和爱米丽只得步行回家,却发现家门紧锁。幸好,我带了一把钥匙。

已经深夜十二点半了。我俩都睡不着觉。到底发生了什么事?

凌晨两点半,爱米丽穿着衣服睡着了。父亲和母亲到底在哪里?

第二十五章

菲斯早就知道了米奇在偷看日记

菲斯站在厨房大开的落地窗前向外望着。森林的清晨,鸟儿叽叽喳喳地唱着歌,像是在举行一场演唱会。我们就在这演唱会中吃完了早餐。菲斯伸展了一下四肢。

"我们去散步吧。"

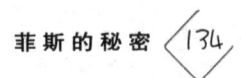

我真不想去，如果她一个人去散步的话我就可以继续看日记了。前一天夜里我因为太累而不得不中途放弃阅读。但无论如何，我还是跟她一道出发了。

尽管林下灌木丛很潮湿，但我还是感觉很闷热。这种热是洗衣间里的那种热，感觉浑身黏糊糊的。

菲斯走得很慢，脚下也没有一丝声音。我试着模仿她，但我的双脚不是踩着枯树枝噼啪一声，就是踩在一堆落叶上嘎吱作响。

我不禁问自己："乐古是不是就在这个角落里干掉了那三个家伙？""还有那只猞猁是不是就在这里袭击了爱米丽？那么，现在还有猞猁经过这里吗？"

"瞧，这个，这是一个标记。一头狗熊从这里经过。"

我使劲揉了揉眼睛在脚下的地面上寻找菲斯说的标记，菲斯却轻轻地推了我一下。

"不是在地上，小笨蛋。上个礼拜连下了三天的倾盆大雨，地上的脚印早就被冲刷掉了。不是地面，是树干！"

我盯着大树。树干上大片大片的树皮被撕掉了。

"狗熊吃树皮吗？"我不解地问。

我听见外曾祖母的舌头在嘴巴里发出吧嗒一声响，表示她对我的问题既不屑又有些生气。

"你们学校的老师,他们到底都教了你什么?你居然分不清楚狗熊和白蚁?!狗熊用树干蹭后背,这样一来可以摆脱身上的那些寄生虫,二来可以做上记号,表示这里是它的领地。过来,闻闻树干下面,我确定这头熊还在这个地方撒了尿。"

我闻了。尽管下了好几天的雨,树干上依旧散发着一股浓烈刺鼻的气味,这个气味让我想起了纽约动物园里的鳄鱼洞。

"哦,菲斯,这片树林里是不是有很多很危险的野兽?"

"狗熊倒不常见,不过要是你看见它的时候跟它离得很近,那就……美洲狮……它们可能时不时杀死一只绵羊,或者干掉一个人……美洲蝮蛇,它们是响尾蛇的一种,要是被蝮蛇咬上一口,那可是致命的……至于猞猁,它们个头儿太小,不会袭击成年人,不过严格来说,像你这样小个头儿的男孩很可能会成为它们的攻击对象。你长得实在太瘦小了……"她是在嘲笑我。我看见她面露笑容,不过很快她的表情又忧郁起来。可能她刚才向我滔滔不绝地讲那段话时,又想起了爱米丽和袭击她的那只猞猁。

除了一只雌野兔和它的小野兔宝宝之外,我们一路上再也没有遇到其他任何让人害怕的动物。当时我们正在路上走,这群野兔突然从矮树丛里闪出来,从我和菲斯两脚的缝隙间穿了过去,飞快地跑开了。

我们坐在一块大岩石上,岩石上长满了苔藓,阳光透过树叶洒在我们的脸上和手上。

"通常,"菲斯开口说道,"我会把它们放在我的卧室里,这么做对我来说更方便。但是既然你现在住在家里,我想还是把它们放在书房里比较好。你也这么想吧?"

"什么……什么东西?"

"好吧,就是我的红皮笔记本啊!我的私人日记本!是啊,不能给别人看的私人物品……"

我一时之间不知道怎么回应,只能张开嘴巴,又闭上。

在我们背后,有一只叫不上名字的鸟儿,它这时候发出一阵很奇怪的叫声。沉默了一会儿,我最终决定拿出一点点勇气。

"您知道这件事已经很长时间了?"

"哦,从第一天起我就已经知道了。你知道,所有跟我一样的老家伙,我们向来在整理东西方面都非常细致。

国际大奖小说

我发现我的日记本摞成一堆,而通常我都按年代的顺序把它们排放好。最新的一本放在最上面。过了两天,我发现它们的顺序又乱了。所以,我知道是你翻看了我的东西!"

我想到了在我偷看菲斯日记的那么多个礼拜里,我一直小心翼翼,为的就是不被她发现,而现在看来,当初我也许根本没必要把神经绷得那么紧。

第二十六章

走进菲斯日记中的生活

菲斯没有生气。她抬起头,让阳光照在她布满细纹的脸上。此时她脸部的轮廓显得很舒展,像是睡着了一样。

"我想我还是很高兴的。所有这一切对我来说都太沉重。是的,我很高兴是因为你推开了这扇门,因为我从来不敢把我的人生告诉任何人。而你,虽然你还小,但你并不是一个小傻瓜。"

她说完站起来。

"我想给你看一些东西。"

我们从树林里走出来。菲斯和我来到悬崖前,她一边走,一边拨开茂密的荆棘,最终,岩洞口出现在我们眼前。这时候我突然产生了一种奇怪的感觉,觉得自己好像离开了现实世界而溜进了菲斯的日记本描述的世界里。

我的外曾祖母走在前面,她做了一个手势,示意我跟着她。

我小心翼翼地迈出步伐,在一片黑暗中刚走了两步,就听见菲斯划火柴发出的轻微的噼啪声,然后我看见她用火柴的小火光点燃了洞穴里的煤油灯。

菲斯这会儿推着我往前走。洞穴和日记里描述的一模一样,只是眼前的洞穴一片狼藉。

"我不知道你是不是已经读过那一篇,"我的外曾祖母说,"我的父母就是在这里去世的。"

蒸馏炉已经变成碎片了。一些大块的铁片像弹片一样被插放在已经腐朽了的木箱子里。地面上还散落着一些形状不规则的碎铁屑。

"七十五年来,我从来没有碰过这里的任何东西。只是,我会不时地来到这儿,坐着,静静地看着它们。"

"那您的父母呢?"

"他们埋在离洞穴不远的地方。"

我和菲斯走出洞穴,我在自由的空气里长长地吸了一口气,好像自己在里面被关了一个月。菲斯领着我来到一棵树桩前,树桩刚被雨水冲刷过,显得很光滑。

"父亲和母亲就在这个下面,在树根中间。他们被埋下去之后,这棵树就长了出来,不过后来它又死了。"

"但是,为什么他们没被埋在公墓里?哪些人知道他们在这里呢?"

"我们三个人都知道。亨利·乐古、爱米丽和我。"

"那他们呢?他们后来怎么样了?"

"啊,看来是这样,你还没有读完全部的日记。给你一个建议吧,米奇。既然你是为了日记才来这里的,那我就把日记本给你。但最后一本除外,因为我还没有写完。这样的话你就可以回布鲁克林了。"

"我不想回布鲁克林!我来这里除了为了日记也是为

了和你在一起。我……我很想念你。"

菲斯听了我的话一下子跌坐在树桩上。

"我的脚踝骨真疼啊。"

她再也没说其他的话。我们一起回了家。

"这么说来,你想听我给你讲述后来的事情,而不想自己去读日记?但是我不知道自己是不是愿意做这件事……好吧。别再愁眉不展啦。你看到日记里说我和爱米丽等着我们的父母回家是吗?哦,我们当时还不知道他们已经死了……

"早上,我和爱米丽决定还是得去学校上学,所以我们就步行去了学校。我记得,苏必斯——对,就是那天开车送我们回来的那位老先生——他很纳闷,为什么那天早上我对他气冲冲的,还总是嚷着让他滚开。

"一整天我都过得糟糕透了。爱米丽和我放学之后在学校门口碰头,然后我们一口气跑回了家,但是家里依然没有人。我们离开家去了锯木厂,那里的两个工人告诉我们,他们从昨天开始就没有再见到我们的父母。

"天色渐渐暗下来。我决定我们两人不能再像昨天一样在焦急等待中度过又一个黑夜。我去谷仓里找到防风灯。刚开始我打算一个人去找我们的父母,后来,我突然想到把妹妹单独留在空无一人的家里是很危险的,于是我最终决定带着爱米丽一起出门。"

第二十七章

听菲斯讲述过去的事情

"森林,黑夜。天开始下雨——倾盆大雨落在我们的肩上。我和爱米丽那天晚上完全就是两个失了魂魄的小家伙,我们没有带任何雨具;当第一个大雨点穿过树叶砸下来的时候,我们已经走出房子太远,所以没法再折

回去拿雨具。

"当到达洞穴的时候,我俩已经被淋成了落汤鸡。其实在没有进入洞穴之前,我心里就已经认定,他们在里面。蒸馏炉爆炸,他们被炸死了。但是他们的尸体却没有被爆炸毁得面目全非,很可能爆炸时产生的气流冲击了他们的内脏而造成他们死亡,就好像巨大的气流扇了他们一个大巴掌。

"爱米丽没哭,我也没哭。我想,这是因为当时的情景太可怕,对我们来说又太极端太离奇,所以面对这样的场面,我们甚至没有一个还算正常的反应。

"我和爱米丽扶起我们的父母,让他们肩并肩坐在一起,此时他们的身体因为有些扭曲反而看上去很自然。看着死去的父亲和母亲被包围在一片木头的酒箱子中,我忽然第一次意识到,我们的生活在全家离开芝加哥之后被逼到了怎样荒唐和危险的境地。是的,父亲和母亲是走私酒贩,并且最终因此而丧命。

"我埋怨他们,但是更让我怨恨的是那些只会说教的傻瓜政客,他们愚蠢地认为只要禁酒就能净化人们的灵魂。而事实却是,他们用这个所谓的洗礼将整个国家推进一片暴乱和流血的深渊。

"'你觉得是那些贩酒的强盗让这台机器爆炸的?'爱米丽问我。

"'不。如果是他们的话,那用手枪杀人会简单得多。大概是父亲和母亲在操作这台机器的时候犯了错误。'

"'布莱克百丽所有的人都会说我们的父母是违法分子的。'爱米丽说。

"'任何人都不会知道这件事的。任何人。'

"瞧,米奇,我当时没有被吓成一只木鸡,脑子里有一个十分冷静的想法:要保护爸爸妈妈的秘密。"

"有时候,您在日记本里称呼他们'父亲','母亲'……"

"那个年代,我们都这么叫。但是今天,这种称呼对于人们来说只是在开玩笑的时候才用得上,不是吗?摆放餐具吧,米奇。我去看看吃的东西煮得怎么样了。"

"妹妹和我都清楚,亨利三四天后才能回来。我们必须独自设法处理所有的事情。我找到了森迪奈尔牌卡车,它就停在上次我看见它的地方。我松开刹车;当时真走运——我不会开车,而且森迪奈尔车是蒸汽机卡车,要开动它是需要一些小窍门的——但我们当时有点儿运气，因为路面有一点点坡度，这样我和爱米丽就可以推着卡车顺着斜坡往下前进了大约一百米。我敢保证，现在它离洞穴很远，即使有人能找到这辆卡车，也不可能在车上发现任何我父母的秘密。况且，因为离火车铁轨很远，而且几乎没有什么猎物，所以从来没有人出没在这片树林。雨下得更大了，当时的爱米丽和我一定被淋得像两个蘸饱了水的粗麻布拖把。

"回到家里，我们在壁炉里生起很旺的火，把衣服放在火边烘干，然后我俩相拥着，坐在燃烧的炉火边。

"两年以来，我们的父母已经和他们各自的家庭断了联系。如果不算亨利·乐古，那么我和爱米丽在世上已经举目无亲了。

"早上五点，我醒了，从楼梯下到储藏室里，我找到了一大袋黑胡椒，它们摆放在两块大火腿之间。早上七点钟的时候，我用两片木板摩擦谷粒，而不是用石磨，因为摩擦快多了。经过一段时间不停地磨，我磨出了六小堆的粉末，我把它们又倒进袋子里。爱米丽一直都在睡觉，我出门的时候没有叫她。雨已经停了。

"那段时间的生活真是暗无天日，米奇。像是故意给我添乱似的，那天我在路上还遇到了一只狼獾。这该死的畜生,它对着我龇着满口又黄又尖的獠牙。我当时的感觉是命运在对我龇牙咧嘴威胁我。我保证,如果当时它向我扑过来,我一定会把它杀死,如果需要,我也用我的牙齿!这只狼獾似乎感觉到了我要与它一决生死,于是吼叫着转身跑掉了。

"在洞穴的入口处,我在地上撒满黑胡椒。然后在回去的路上,我把袋子里剩下的黑胡椒一把一把抓出来,

让它们顺着指缝滑落,撒在沿途的道路上。连续两天的大雨可能已经洗刷掉了我父母的气味,但是我还要确定警犬也嗅不出来他们在哪里。

"当我回到家里的时候,爱米丽正在哭,她蜷缩在壁炉边,面前是一堆已经燃烧过的木柴灰烬。我轻轻抚摸着她,向她保证再也不会离开她。

"然后我们出门去了布莱克百丽,告诉所有人我们的父母失踪了。"

国际大奖小说

第二十八章

深入了解并喜欢菲斯

"为了找到我的爸爸妈妈,亨利·乐古在森林里组织一些人进行了一次大规模的拉网式搜寻,三天后,他回来了。因为他们中有一部分人知道我父母做走私酒的买卖,所以他们很快下了结论:格林先生和格林太太因为

LES SECRETS DE FAITH GREEN

跟一些走私酒贩分赃不均而被他们干掉了。过后不久，亨利被警察传讯，但是他有证据证明当时自己身在埃兰那，事发当天上午他才从那里出发往回赶。我和爱米丽都没有马上把事情的究竟告诉他。白天很快过去了。夜里，我听见他起床了。我知道他要去哪里。我没有跟着他。早上，我看见他精神颓废，脸色很难看。他一定在想，该怎么把这个噩耗告诉我们，或者说，到底要不要告诉我们。爱米丽用非常冷静的语气说出了一段话，亨利的犹豫也因此没有了必要：'我们知道他们已经死了。我们看见了。而这一切都是因为你。如果当初你没有认识父亲，他就不会死，母亲也是。'我看见亨利张了张嘴想为自己辩驳，但他最终还是强忍住什么都没说。然后他用那只残废的鼻子长长地呼了一口气，他说他已经把我们的父母埋在了离洞穴不远的地方。还说这样做的话，即使以后有人发现了蒸馏酒厂，这件事也不会直接牵扯上我家。当时我的妹妹近乎歇斯底里地冷笑着说道，'这么做只是为了保护你自己吧。''不。这是因为你们的父母也希望这样。而你的父亲，他是我的朋友，是我唯一真正的朋友。'亨利说。"

国际大奖小说

我和外曾祖母坐在屋前宽大的台阶上,台阶很宽,可以用作房子的游廊。

"菲斯,我都不记得我第一次住在这里时发生的事情了。"

"这不奇怪。你当时只有四岁,而且你和你父母也没有住很久。朱娜觉得不自在,我又总是让她感到有点儿害怕。而且有一次你哥哥杰西在森林里走失了……当时花了三个小时才找到他。所以你妈妈以此为理由就带着你们离开了。"

"我们这个家庭其实不是很团结,对吗?我们彼此根本不了解……我是说……在大人和小孩儿之间……"

"我想这就是人们认为的'进步'吧。他们让自己的生活节奏变得很快,总想看看以后发生的事情,而像我这样的老人就被抛在了一边。"

"但是,菲斯,你为什么要选择去我家呢?"

"好吧,我的孩子。瞧,你的外祖父五年前死了。我再也见不到他了。所以对于家里其他的亲人……我在你们之间做了一个随意的选择,米奇。我把整个家族所有人的名字都写在一些纸上,每一个小家庭成员的名字都在一张纸上,我把这些纸片折起来扔在一顶帽子里,然后

我在里面随意摸一张出来,正好是你家。"

"那你来我家是不是要找什么东西呢?"

"我自己也不清楚。不,我去你家不是为了找什么东西,而只是想逃避那些残留在我生活的这片森林里的回忆。但是它们的力量太强大了,我很快又被这些记忆找到,而不得不重新回到这里。"

"亨利为了我们的安全每天东奔西跑,坐立不安。因为他的形象和做派在当地都有一定的威慑力,所以这对我们来说也不是件坏事。后来,我们找到了一些由我们父母签了名的纸张,这份类似遗嘱的纸上明确写道:他们所有的遗产都留给两个女儿。一旦他们遭遇了不测,两个女儿的监护权将交给乐古先生,而非其他人。我不知道这份遗嘱是否完全合法,但是那个年代的法律往往是弹性的,特别是在当地这样一个与外界联系不多的地方。除此之外,布莱克百丽的人也不愿意让亨利·乐古不愉快,即使是郡长先生也一样。乐古最后留在了家里。

"米奇,你会明白为什么有的人比其他人更坚强。爱米丽一直都没有从我们父母去世的阴影中恢复过来。而且,亨利跟我们生活在一起让她很受不了;她始终认为,是他给我们家带来了这场灾难。

"可能出于某种心愿,或者仅仅是想换个外形,就像很多内心遭遇了重大创伤的人所做的那样,亨利把胡须剃掉了。刮了胡须的亨利看起来年轻得让人难以置信,但他也显得没有以前那么剽悍了。一天晚上,他来找我说话,说以后我们所有的收入都只能靠锯木厂了。

LES SECRETS DE FASTA GREEN

"'我们没以前那么有钱了,但是我相信这正是你母亲生前所期望的。往后,你们也不会再生活在担忧和焦虑中了。'

"我记得当时我冲他叫喊:'既然这样,为什么父亲和母亲当初还要卷进去?真是太荒唐了!''我不能告诉你,'他回答我,'至少现在还不能。'"

第二十九章

菲斯父亲不光彩的过去

我们吃完饭洗了餐具。在把手放进热水里或者擦盘子的时候，往往不方便进行谈话。所以我一直等到菲斯煮好了咖啡，然后在那间窗户大开着的餐厅里慢慢品尝的时候，才问她："这些，就是您真正的秘密吗？那么您的父亲到底跟那些不法商人在一起做些什么呢?既然他一直都是个正直的人,那么是谁让他参与进去的呢?"

"我父亲从来不是一个正直的人,这一点是我长到二十岁的时候才明白的。"

"但是,在芝加哥……"

"在芝加哥的时候,他穿着体面的白领衬衫和锃亮的真皮皮鞋,但是他那时候就已经是一个小偷了。"

我呆住了。我从来没听过有人会这样说自己的亲生父亲。

但菲斯不是一个报复心强的人:她只是更愿意相信事实。

"我过二十岁生日的那天——那时候爱米丽已经离开家了——亨利和我出门散步。他脸上严肃的表情让我想到几年前,我们也曾经有过一次这样的散步,那次散步我告诉他我亲眼看见他杀死了吉姆·克里布和他的同伙。'菲斯,我要走了。你现在已经有能力独自经营锯木厂,而且现在你是一个女人,我们不适合再一起住在这幢房子里。毕竟,你不是我的女儿。'我本来想对他说,六年来,他算得上是天底下最称职的父亲,但是我知道,那时候我应该保持沉默。显而易见,这些话对他来说是很难张口说出来的:'我接下来要告诉你的这些事,不是为了让自己减轻一些罪恶感,也不是把造成这一切的所有责任都推到你父亲身上,而是因为我觉得我有义务把事实告诉你。所以,你会知道所有的一切。十五岁的时候,我就已经是小偷和杀人犯了。你看见我杀了小耶稣和他的同伴。其实我还杀了其他人。命运总是让人难以捉摸:每次我下定决心要重新做人,过上正派的生活的时候,总有意外的事情让我实现不了心愿。我的家人在一次火灾中都死光了,造成这场灾难的原因有很多,但是我不会告诉你,因为一来我没有时间,二来我也不想。无论如何,我浪迹天涯最后来到了芝加哥,经常出入那些叫作瞎猪的地方。你不知道这是什么?这是一些地下酒馆,在那里人们可以买到被禁的烈酒。我去的那家酒馆叫瓢虫,它就坐落在芝加哥城最臭名昭著的街区上。其实,这个小酒馆是一栋肮脏的六层楼上的一个小套间,酒馆里摆了几张桌椅。

"'有一天,我一进去就看见一个绅士打扮的男人正坐在那里喝酒。他难道不知道周围那些酒客都不动声色地等着他醉到不省人事,再去把他身上值钱的东西都剥下来?大概他不在乎吧。这个人就是你的父亲。'我听完亨利的话,对他说,这是不可能的,我父亲那个时候根本滴酒不沾。'听我把话说完,'他没有回答我的话,只是说,'如果你要继续打断我或者你根本不相信我的话,那我什么都不会再说了。'于是我不再说话,而他所说的每个词在我耳中都变成了毒药。'你的父亲喝醉了。因为太好奇,我走过来坐在他身旁。有几个下流坯本打算等他醉倒,过去捋上一笔,所以他们想向我示威,不过这些胆小可怜的家伙,我只用了一个眼神,他们就不敢有任何动作了。好在你父亲当时还没有醉得不省人事,不然麻烦就大了。你父亲告诉了我他的心事。你知道的,酒精能让人的舌头处在极度兴奋的状态,会让人滔滔不绝说出自己所有的秘密。他说他的父亲,也就是你的祖父,让他进了一家制鞋厂,而你祖父自己也在制鞋厂里工作。后来,你的父亲被任命负责工厂账目往来的工作,从那时候开始,他就从钱柜里偷偷拿钱塞进自己的腰包。你的祖父当时已经退休,所以,你的父亲就加快了他提钱的速度……而他因为表现出色,在厂里的职位也越升越高,一直做到了鞋厂老板合伙人的位子,那位老板认为你的父亲很能干。而他却因此挪用了越来越多的公款。日复一日,他不再像以前那么小心谨慎,最终他的行为被人发现了。这种事情都是这样的结果。你的父亲险些被送进监狱,幸好你的祖父为他向厂里说情。总之,厂里最后说,只要他把钱都还回来,就不报警,而只是让他离开工厂。我遇见他的时候,他刚变卖了家里的公寓和汽车,所得的钱刚刚够还债。而公司的股东对他说他必须离开芝加哥……你的父亲在外地没有任何熟人,家里还有妻子和两个女儿等着他养活。我不知道当时我为什么那么做,上帝都清楚,你父亲这种人不是我想在芝加哥拉帮结派的对象,但我还是提出让他和我一起去布莱克百丽谋出路。'"

第三十章

菲斯把家庭秘密告诉了米奇

菲斯所说的话让我觉得她的父亲不是一个光明磊落的人,但是这个想法我永远都不敢告诉她。倒是她停顿了一下,像在自言自语:

"父亲就是父亲,不管他是什么样的人。跟我们在一

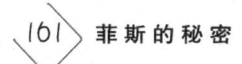

起的时候他总是那么慈祥可亲。亨利建议他们在蒙大拿一起开一个锯木厂。当时我的父亲处在深深的绝望中,所以他立即接受了这个建议。他只是要求亨利在我们全家都搬到布莱克百丽之前,不要出现在他的妻子和孩子面前。他那么做是对的,要是我们看见这么一个胡子拉碴、没有鼻子、又高又壮的男人出现在自己的家里,而且知道了他还是我们父亲的合伙人,我和爱米丽的尖叫声会把玻璃灯罩都震碎的!"

"那您的母亲呢?"

"她非常爱她的丈夫,而且十分崇拜他。生活中不管遇到什么样的大风大浪,她都会守护他并且尊重他的选择。只在一种情况下她才会反对,那就是当全家人的安全,尤其是她两个女儿的安全受到威胁的时候……母亲对我们的爱一直让我念念不忘,它也是支撑我一生的力量。"

"亨利把所有的事情告诉你之后,他怎么样了?他真的走了吗?"

"当天晚上他就走了,只带走了一只行李箱。三年的时间里我一直没有他的任何消息,但是他还会把他的地址写信告诉我——虽然地址经常变动——他这么做是

为了让我在遇到困难的时候可以向他求助。我从来没有给他写过信，因为我知道我的信会让他伤心。

"1933年2月19日，我在报纸上看到一则消息，一个名叫亨利·乐古的四十八岁加拿大人在丹佛参与贩卖假伏特加酒，在酒贩子发生的冲突中死亡。他的腹部被人用汤姆森冲锋枪打了三十二枪。第二天，也就是2月20日，政府宣布废止禁酒令；我去了丹佛，并在那里付清了亨利入葬的费用。我本来想把亨利安葬在蒙大拿，但不知道凭的是哪门子的行政令，警察禁止我这么做。后来他们一直跟踪我到布莱克百丽。警察们想知道跟这个令人生畏的歹徒关系这么近的年轻女人到底是从哪里来的,他们甚至还调查了我在锯木厂的账户。两个便衣警察来到我家进行搜查,但是他们一无所获。这么多年来,格林家族一直过着光明正大的生活……此后,再也没有人来调查了。"

"那……爱米丽呢?"

"爱米丽?她过得不错,我想。"

我松了一口气。所有的迹象直到前一刻都让我认为,菲斯的妹妹已经死了。

"什么意思?什么叫'她过得不错,我想'?"

"哦,她在长春生活,要得到她的消息不太容易。"

"长春?"

"长春。在中国。更确切地说,是中国东北的一个城市。"

"但是她在那里做什么?"

"她十七岁的时候遇见了周,他是一个中国人,在布莱克百丽开了一家洗衣店。他们疯狂地爱上了对方。这就是我的小妹妹,以前她还经常责怪我跟男孩们来往过密,现在倒好!好吧,她的中国情人的确不错,他不是你想象的那种发育不良的小矮个儿。中国的北方人往往比我们还要高大,而周长得也仪表堂堂。第二年他们就一起去了中国,爱米丽再也没有回来过。我每两到三个月收到一封她寄来的信,她现在也是曾祖母了。"

"为什么她从来没有回来过?"

"你问我这个问题?她不能回来。没有人愿意重新去回忆噩梦一样的生活。"

"那么,菲斯,你呢?为什么你留了下来?"

"我已经说不清为什么了,可能是因为需要一个人留下来守护我父母的回忆吧,毕竟他们长眠在这里;或者还因为在这片森林里发生过的事情是永远无法抹去的,它们就像生长在树林里那些散发着难闻的、令人作呕的气味的花儿一样,即使人们知道它不会让自己愉快,但每次路过看见这些花儿,还是禁不住会俯下身去闻一闻。"

第三十一章

带着菲斯的秘密离开

是一个鸟巢让我的曾曾祖父母命丧黄泉,一个最常见不过的麻雀巢。它堵住了亨利·乐古和菲斯父亲修建的蒸馏设备的烟囱。这就是命运,一只小小的鸟儿犯下的错误却让人因此送了命。菲斯指给我看那只鸟巢,在悲剧已经过去了七十五年后,如今它已经支离破碎,但还可以看见上面满是炭黑。

菲斯告诉我她后来遇到的几个男人。但是她因此离开她的房子最多不过几个礼拜,然后就会回来。她还向我描述了她养的那些狗,它们和她一起在树林里跑步。菲斯一定比爱那些男人还要更爱她的狗……

一天晚上,我对她说:

"时间有一个很奇特的作用:如果你告诉别人你的父亲是一个匪徒,人们看你的眼神都会带着恐惧。但是如果你能对人们大声说你的祖先在18世纪是一个嗜血成性的暴徒,他们就会非常羡慕你。你父母的所作所为在你看来可能是不体面的。但是对我来说,这些事情早就已经无所谓了。"菲斯睁大了眼睛看着我,我敢说她从来没有从这个角度考虑过这些事情。

菲斯还跟我说了很多其他的事。她在1955年的时候生下了她的儿子,那时她四十五岁,孩子的父亲在得知菲斯怀孕之后就离开了她……她生下的这个小男孩在过十六岁生日的时候偷偷从家里跑了,后来成了巡回拳击表演场的拳击手。这个男孩就是我的外祖父,五年前他去世了。

菲斯回想起和苏必斯之间吵了又好,好了又吵的日子,不禁大笑起来。

她说:"你要想了解那些半真半假模棱两可的细节,去看看我的日记吧。"

我们经常一起在森林里散步。她坚持让我在结了厚冰的斯万湖上溜冰,还说我是一个"害怕有一点点凉的湖水的胆小鬼"。有一点点凉?!你打开凉水龙头注满你的浴缸,不要放一丁点儿热水,把从冰箱里拿出来的冰格的冰块全部倒进浴缸,然后你躺在里面,试试吧!即使这样,你也只是稍微感受了一点点斯万湖水的温度,而事实上湖水的温度还要低得多!

我要走的那天,她把她的三个日记本交给我。我不想把她一个人留在这里,忍受噩梦般的记忆,但是我知道她生活在森林里比在布鲁克林的水泥建筑里感觉要舒服得多。我把日记本放在我的旅行包里,然后拥抱了我的外曾祖母。当她的双手以少有的轻柔搂住我的脖子的时候,我忽然明白了我是多么的爱她。

我们彼此都没有说话,一直静静等到长途汽车开过来。

我站在汽车的踏板上,司机不耐烦地催促我。我对

菲斯说:"三个月内我会再回来的!"

尽管此时司机已经发动了汽车,车门关上时发出一阵阵水流一样的嘘嘘声,但是我还是听见了她的回答:

"我会等你,米奇!"

作者简介
菲斯的秘密

简-弗朗西丝·夏伯丝
Jean-François Chabas

　　法国"历险与人情"小说作家。边写历险,边写生活体验,他的儿童及青少年小说,道出生命的耐人寻味。他对生活的深度观察,让读者在平凡中找到不平凡,在黑暗里看见阳光。《菲斯的秘密》一书曾在法国、比利时、意大利、瑞士等国获得十余项文学奖。

爱，超越一切

杨　林/图书编辑

未看此书前，这部作品长长的获奖纪录首先就引起我阅读的兴趣：除了封面上列出的法国他姆·他姆文学奖(1998)外，这部作品1999年和2000年还在法国、比利时、意大利、瑞士共获其他八项各类文学奖。虽然早没了少年时对获奖作品的那种膜拜心理，我还是对这薄薄的小书获得如此多的奖项怀有一丝好奇，带着这样一种心情，我捧起了这本《菲斯的秘密》。

故事乍一开始就让菲斯在众人的议论中登场，米奇——这个刚刚十二岁的纽约市一个普通家庭的男孩被母亲告知，她的祖母菲斯要来家里住，而且要住在他的房间。更糟糕的是,她说要在他们家"一直住到死"。面对突如其来的外曾祖母,米奇肯定跟所有这个年龄孩子的心情一样,充满了不快甚至厌恶:正是最渴望自由的年龄,谁愿跟一个陌生的、跟自己隔了三代的老家伙住在一起?果不其然,刚到米奇家,菲斯就"赢得"了米奇的讨厌,他喜爱的电视被清出了卧室,早晨不受打扰的睡眠再也不复存在,甚至晚上都不能肆无忌惮地说话,难怪米奇"指望着有一天她能在散步的时候遭遇不幸"。正是在这种心境下,带着一丝报复的快感,米奇打开了菲斯的箱子,看到了菲斯的日记,从而穿越时空,走进了菲斯的秘密世界。

原来菲斯有那么不平常的过去,原来菲斯一直在掩藏自己:十岁搬离芝加哥来到遥远的蒙大拿,经历生活的困顿,目睹父亲杀人,在提心吊胆的生活中了解到父亲非法开蒸馏酒厂的秘密,而十三岁时就失去了父母亲。小说围绕日记这一条线索为我们勾勒出菲斯六十多年来的生活画面,让我们感受到她古怪、不合群、不亲切的外表下,那颗坚强、敏感、智慧的心。面对这个"跟我的差距只能用光年来计算"的菲斯,米奇被她的这种个性魅力和离奇的生活经历所吸引,使他逐渐生发出对她的

理解和爱。

除了天亡和灾祸、病痛，我们每个人都要经历从年幼到老去的过程，是爱支撑着生命从无到有，从生到死；在爱的光芒中，我们痛快地生，快乐地活，直至无憾地死。独自生活了那么多年，菲斯的心中隐藏了太多的秘密，她应该是孤独的吧，不然也不会想到要到亲戚家去"等死"。发现了米奇偷看自己的日记，菲斯肯定是开心的吧，毕竟经历和回忆不会随着生命的消逝而灰飞烟灭。

若说刚开始米奇是怀着一点儿小小的报复和小小的好奇开始偷看菲斯的日记，那么随着对菲斯了解的深入，他开始真正对菲斯感兴趣——无论是当下生活中的菲斯还是日记中那个跟自己年龄差不多的菲斯，甚至"像着了魔一样，只想迫切地知道菲斯接下来遇到了什么事情"，随着一本本日记的影像在米奇头脑中回放，他对菲斯的恨如冰雪消融，从理解到爱，感情不断升华。菲斯呢，如同美国西部大片中的孤胆女侠，竟然干出用枪抵着"大块头"，让他交出几个孩子的溜冰鞋的事情。岁月更迭，白发苍苍的菲斯容颜虽改，英气未消。看到这个情节，除了忍俊不禁，我更觉感动。沉默不语的菲斯，经历了人生苦难和高潮的菲斯,在米奇那里感受到了生命和爱的力量。听到米奇说自己"你就像一头老驴那么固执",菲斯心里也该是甜蜜的吧。很奇怪,这部作品中的主人公很少亲密的话语和动作,但在他们平淡甚至有些生硬的对话中,我们仍可以感受到他们内心的柔软和溢于言表的爱:普通,平常,绝无半点矫情。

看这本书,我们除了会被菲斯特立独行、坚强勇敢又颇具智慧的形象所感染,会被作者幽默的语言、灵光闪动的哲思而打动,也会对据说越来越严重的"代沟"问题产生新的认识:在理解的基础上,在爱的环境中,培养孩子学会去理解亲人,理解父母,学会去爱周围的人,爱这个社会一切的美好。那么,"沟"肯定会越来越浅,甚至被爱填平。

爱,穿越时空,抚慰心灵;爱,让我们生活的世界更加美好!